范建成　选编

回延安

Hui Yan'an

新中国优秀诗歌选

贺敬之　郭小川　等著

全国百佳图书出版单位
时代出版传媒股份有限公司
黄山书社

图书在版编目(CIP)数据

回延安：新中国优秀诗歌选 / 贺敬之等著；范建成选编 .— 合肥：黄山书社，2022.12
ISBN 978-7-5737-0534-1

Ⅰ .①回… Ⅱ .①贺… ②范… Ⅲ .①诗集—中国—当代 Ⅳ .① I227

中国版本图书馆 CIP 数据核字（2022）第 239763 号

回延安：新中国优秀诗歌选
HUI YAN' AN XINZHONGGUO YOUXIU SHIGE XUAN

贺敬之 郭小川 等著 范建成 选编

出 品 人	贾兴权
责任编辑	高 杨
责任印制	李 磊
装帧设计	钱志刚
出版发行	黄山书社(http://www.hspress.cn)
地址邮编	安徽省合肥市蜀山区翡翠路 1118 号出版传媒广场 7 层 230071
印 刷	安徽联众印刷有限公司
版 次	2023 年 1 月第 1 版
印 次	2023 年 1 月第 1 次印刷
开 本	700 mm × 1000 mm 1/16
字 数	200 千字
印 张	16.5
书 号	ISBN 978-7-5737-0534-1
定 价	58.00 元

服务热线 0551-63533706

销售热线 0551-63533761

官方直营书店(https://hsss.tmall.com)

编者的话

中华人民共和国建立以来，在社会主义革命、建设和改革各个时期，产生了大量优秀诗歌。这些诗歌既具有积极健康、奋发向上的强大精神力量，又具有很高的艺术审美价值，曾经鼓舞和激励亿万人民群众在中国共产党的领导下团结奋进，战胜国内外重重艰难险阻，创造美好幸福生活，建成初步繁荣昌盛的社会主义现代化国家。其中贺敬之等著名诗人的佳作名篇，至今仍在广大群众中传诵，经久不衰。为便于更多同志阅读这些诗歌作品，并使其在中国特色社会主义新的发展阶段继续发挥积极作用，我们编选了《回延安——新中国优秀诗歌选》，以供大家学习、欣赏和使用。

本书以贺敬之代表作《回延安》作书名，意为回延安、再出发，特别希望广大诗歌创作者认真学习贯彻习近平新时代中国特色社会主义思想，不忘初心、牢记使命，继承革命文艺传统，坚持正确创作方向，努力创作出无愧于人民、祖国和时代的优秀诗篇。

范建成

2022年9月

目　录

回延安

贺敬之

一

心口呀莫要这么厉害地跳，

灰尘呀莫把我眼睛挡住了……

手抓黄土我不放，

紧紧儿贴在心窝上。

……几回回梦里回延安，

双手搂定宝塔山。

千声万声呼唤你，

——母亲延安就在这里！

杜甫川唱来柳林铺笑，

红旗飘飘把手招。

白羊肚手巾红腰带，

亲人们迎过延河来。

满心话登时说不出来，

一头扑在亲人怀……

二

……二十里铺送过柳林铺迎，

分别十年又回家中。

树梢树枝树根根，

亲山亲水有亲人。

羊羔羔吃奶眼望着妈，

小米饭养活我长大。

东山的糜子西山的谷，
肩膀上的红旗手中的书。

手把手儿教会了我，
母亲打发我们过黄河。

革命的道路千万里，
天南海北想着你……

三

米酒油馍木炭火，
团团围定炕上坐。

满窑里围得不透风，
脑畔上还响着脚步声。

老爷爷进门气喘得紧：
“我梦见鸡毛信来——可真见亲人……”

亲人见了亲人面，
欢喜的眼泪眼眶里转。

“保卫延安你们费了心，
白头发添了几根根。”

团支书又领进社主任，
当年的放羊娃如今长成人。

白生生的窗纸红窗花，
娃娃们争抢来把手拉。

一口口的米酒千万句话，
长江大河起浪花。

十年来革命大发展，

说不尽这三千六百天……

四

千万条腿来千万只眼，

也不够我走来也不够我看！

头顶着蓝天大明镜，

延安城照在我心中：

一条条街道宽又平，

一座座楼房披彩虹；

一盏盏电灯亮又明，

一排排绿树迎春风……

对照过去我认不出了你，

母亲延安换新衣。

五

杨家岭的红旗啊高高地飘，
革命万里起高潮！

宝塔山下留脚印，
毛主席登上了天安门！

枣园的灯光照人心，
延河滚滚喊“前进”！

赤卫军，青年团，红领巾，
走着咱英雄几辈辈人……

社会主义路上大踏步走，
光荣的延河还要在前头！

身长翅膀吧脚生云，

再回延安看母亲！

1956年3月9日

放声歌唱（节选）

贺敬之

……春风。

　　　　　秋雨。

晨雾。

　　　夕阳。……

……轰轰的

　　　　车轮声。

嗒嗒的

　　脚步响。……

呵，《人代会决议》，

　　　和新中国地图

　　　　　在我手中，

　　　党员介绍信

　　　　　紧贴着

我的胸膛。

我走进农村。

我走进工厂。

我走向黄河。

我走向长江。……

五月——

麦浪。

八月——

海浪。

桃花——

南方。

雪花——

北方。……

我走遍了

我广大祖国的

每一个地方——

呵，每一个地方的

我的

每一个

故乡！

……在高压线

飞过的

长城脚下，

在联合收割机

滚动着的

大雁塔旁，

在长江桥头的

黄鹤楼上，

在宝成铁路边的

古栈道旁……

我看见

你们——

我们古代的诗人们！

你们站在云端

向我们

眺望。

在我们的合唱声中，

传来

你们的惊叹声，

在我们的工作服上，

投下

你们羡慕的眼光……

呵，我熟读过你们的

《登幽州台歌》、

《茅屋为秋风所破歌》……

那无数美妙的

诗章。

但是，

面向你们，

我

如此地骄傲！

我要说：

我们的合唱

比你们的歌声

响亮！

呵呵……“前不见古人”……

但是，

后——有——来——者！

莫要

“念天地之悠悠”吧，

莫要

“独怆然而涕下”……

“君不见”——

“广厦千万间”

已出现在

祖国的

“四野八荒”！

呵，我们的前辈古人，

希望呵，

希望，

希望，

梦想呵，

梦想，

梦想……

而你们何曾想见

今日的祖国

是这样的

灿烂辉煌！

你们的千万支神来之笔啊

怎么能写出

我们时代的

社会主义的

锦绣文章？！

“语不惊人死不休”——

又向哪里

去找

这最壮丽的语句——

“党！”

“我们的党！”

党呵——
　　我们祖国的
　　　　青春
　　　　　　和光荣，
党呵——
　　我们社会主义事业的
　　　　信心
　　　　　　和力量！……

呵！我走进
　　　　我的支部。
　　我走进
　　　　我的厂房。
我打开
　　星光灿烂的
　　　　《毛泽东选集》，
我登上
　　“红旗漫卷西风”的

山冈。

我踏着

工农红军的

二万五千里足迹，

我翻过

党的伟大史诗——

千山万岭的篇章……

从第一个

共产主义小组，

到今天的

我的支部——

我们的党员名单

是何等壮丽的

英雄榜！

我们党的心

和六万万人民的心

结成的联盟，

是何等伟大的

铁壁铜墙！

……在中南海，

那一张

朴素的写字台旁，

毛泽东同志

正在起草

党的第八次大会的开幕词；

在国务院，

第二个五年计划的建议书上

正凝结着

并肩的人影

和午夜的灯光。

在统战部，

党的代表

正和朋友们一起，

倾谈："长期共存，

互相监督"；

在科学艺术大厅，

党的语言

正像春雷一样

唤起：

“百家争鸣”，

正像春风一样

吹开：

“百花齐放”！……

呵！在千万个

矿井

和织布机旁，

煤炭

和布匹的

洪流，

又在突破

定额的

水位；

在千万顷

稻田
　　和麦地里，
早稻
和新麦的
　　行列，
正千军万马
　　奔向
　　　　粮仓！……
呵呵，正是这样！
在节日里，
我们的党
　　没有
　　　　在酒杯和鲜花的包围中，
　　　　　　醉意沉沉。
党，
　　正挥汗如雨
　　　　工作着——
　　在共和国大厦的

建筑架上！

你听，

你听！——

省港大罢工的

呼号声，

在我们的

鼓风炉里

正呼呼作响，

你看

你看！——

南昌起义的

鲜血，

在我们的

炼钢炉中

正滚滚跳荡！

呵，在农业合作社的

麦场上，

正飘扬着

秋收起义的

不朽的红旗！

在基本建设的

工地上，

正闪耀着

延安窑洞的

不灭的灯光！……

让科学的最新成就——

示踪原子

来检验

我们的工程吧！

让历史上

我们前辈的奠基者

和后辈的验收员们

来品评我们——

给我们应得的

鉴定

和赞扬！……

呵，请我们光荣的祖先

登上

我们万丈高楼的

楼梯，

让老人家说：

“我们值得骄傲的子孙！

给我们看到了

我们梦想不到的

天堂……”

呵，请我们的革命先烈

巡视

我们的大地，

让他们说：

“我们的鲜血得到了报偿。

后来的同志们

在实现

我们的理想……”

呵，请伟大的马克思、列宁

走上

我们党代表大会的

主席台，

让导师们说：

“我们的预言实现了。

社会主义的曙光

已出现在东方！”

呵，请未来世纪的公民们

聚集在

我们建设的蓝图上，

让孩子们说：

“我们的生活更美丽，

但是，

毛泽东同志工作的

那个时代，

给我们开辟的道路

已经是

那样宽广！……”

呵，公民们！

同志们！

我们的生命

就是活在

这样的时代！

我们的双脚

就是踏在

这样的道路上！

呵！假如我有

一百个大脑啊，

我就献给你

一百个；

假如我有

一千双手啊，

我就献给你

一千双；

假如我有

　　一万张口啊，

我就用

　　一万张口

　　　　放声歌唱！

1956年6月

雷锋之歌（节选）

贺敬之

一

假如现在呵

我还不曾

不曾在人世上出生，

　　假如让我呵

　　再一次开始

　　开始我生命的航程——

在这广大的世界上呵

哪里是我

最迷恋的地方？

　　哪条道路呵

　　能引我走上

　　最壮丽的人生？

面对整个世界，

我在注视。

　　从过去，到未来，

　　我在倾听……

八万里

风云变幻的天空呵

今日是

几处阴？几处晴？

　　亿万人

　　脚步纷纷的道路上

　　此刻呵

　　谁向西？谁向东？

哪里的土地上

青山不老，

红旗不倒，

大树长青？

　　哪里的母亲

能给我

纯洁的血液、

坚强的四肢、

明亮的眼睛?

让我一千次选择:

是你,

还是你呵

——中国!

让我一万次寻找:

是你,

只有你呵

——革命!

生,一千回,

生在

中国母亲的

怀抱里;

活,一万年,

　　活在
　　伟大毛泽东的
　　事业中！
呵，一切
都已经
证明过了……
　　一切一切呵
　　还在
　　证明——
这里有
永远
不会退化的
红色种子；
　　这里有
　　永远
　　不会中断的
　　灿烂前程！
看步步脚印……

望关山重重……
有多少英雄呵
都在我们
行列中！
　　领我走，
　　教我行……
　　跟上一步呵，
　　一次新生！

在今天，
我用滚烫的双手
抚摸着
我们的
红旗——
　　又一次把
　　母亲的
　　衣襟
　　牵动……

让我高呼吧！

看呵，

在我们的大地上，

在党的

摇篮中——

　　此刻，

　　又站起来

　　一个多么高大的

　　我们的

　　弟兄！……

二

让我呼唤你呵

呼唤你响亮的名字，

你——

雷锋！

　　我看着

你青春的面容，

好像我再生的心脏

在胸中跳动……

我写下这两个字：

“雷、锋”——

我是在写呵

我们阶级的

整个新一代的

姓名；

我写下这两个字：

“雷、锋”——

我是在写呵

我的履历表中

家庭栏里：

我的弟兄。

你的年纪，

二十二岁——

是我年轻的弟弟呵，

你的生命

如此光辉——

却是我

无比高大的

长兄！

……我奔向你面前！

带着

母亲给我的教训，

和我对你

手足的深情……

仿佛一刹那间

越过了

千山万岭……

呵！我像是

突然登上泰山，

站立在

日观峰顶……

我看见

海浪滔滔的

母亲怀中——

　　新一代的太阳

　　挥舞着云霞的红旗，

　　上升呵

　　上升！……

那红领巾的春苗呵

面对你

顿时长高；

　　那白发的积雪呵

　　在默想中

　　顷刻消溶……

今夜有

灯前送别；

　　明日有

　　路途相逢……

“雷锋……”

——两个字

说尽了

亲人们的

千般叮咛；

　　“雷锋……”

　　——一句话，

　　手握手，

　　陌生人

　　红心相通！……

三

呵！我看着你，

我想着你……

我心灵的门窗

向四方洞开……

　　……我想着你，

　　我看着你……

　　我胸中的层楼呵

　　有八面来风！——

……看昆仑山下：

红旗飘飘，

大江东去……

　　望几重天外：

　　云雾弥漫，

　　风雨纵横……

十万言——

一道

冲云破雾的

飞天长虹！……

　　两个字——

　　中国的

　　一代新人的

　　光辉姓名！……

呵，念着你呵

——雷锋！

　　呵，想着

　　你呵

　　——革命！

一九六三年的

春天

　　使我们

　　如此地

　　激动！——

历史在回答：

人，

应该

怎样生？

　　路，

　　应该

　　怎样行？……

四

……仿佛已经

十分遥远

十分遥远了，

　　——那已过去了的

　　过去了的

　　许多情景……

……那些没有光亮的

晚上……

那些没有笑意的

面容……

　　那些没有明月的

　　中秋……

　　那些没有人影的

　　茅棚……

……在哪里呵，

爸爸要饭的

饭碗……

　　在哪里呵，

　　妈妈上吊的

　　麻绳？……

在哪里呵，

云周西村的

铡刀？……

　　在哪里呵，

　　渣滓洞的

　　深坑？……

眼前是：

繁花似海，

高楼如山，

绿荫如屏……

　　耳边是：

　　歌声阵阵，

书声琅琅，

笑语声声……

睁开回头的望眼——

呵……

春风打从何处起？

朝阳打从何处生？……

消退了昨日的梦境——

呵……

镣铐曾在何处响？

鲜血曾在何处凝？……

长征路上

那血染的草鞋

已经化进

苍松的年轮……

淮海战场

那冲锋的呼号

已经飞入

　　工地的夯声……

老战士激动的回忆呵，

“我们在听、在听……

但那到底

已是过去的事情……”

　　——少年人眼前的

　　大路小路呵，

　　仿佛本来

　　就是这样

　　又宽、又平……

呵，要不要再问园丁：

我们的花园里

会不会还有

杂草再生？

　　梅花的枝条上，

　　会不会有人

　　暗中嫁接

　　有毒的葛藤？……

我们的大厦

盖起了多少层？

是不是就此

大功告成？

　　呵，面前的道路、

　　头上的天空，

　　会不会还有

　　乌云翻腾？……

……滚滚沸腾的生活呵，

闪闪发亮的路灯……

面对今天：

血管中的脉搏

该怎样跳动？

　　什么是

　　真正的

　　幸福呵？

　　什么是

　　青春的

　　生命？

……望夜空，

有倒转斗柄的

北斗……

看西天

有纷纷坠落的

流星……

　　什么是

　　有始有终的

　　英雄的晚年呵？

　　什么是

　　无愧无悔的

　　新人的一生？……

唔！有人在告诉我们：

——过去了的一切

不必再提起了吧！

只要闭上眼睛呀，

就能看见：

现在已经

天下太平……

什么“人民”呀，

什么“革命”，

——这些声音，

莫要打搅，

他酒兴正酣，

睡意正浓……

——今天的生活

已经不同了呀，

需要另外

开辟途径……

——最香的

是自己的酒杯，

最美的

是个人的梦境……

但是，且住！

可敬的先生……

　　收起你们的

　　这套催眠术吧！

　　革命——

　　永远

　　不会躺倒！

　　历史的列车——

　　不会倒行！

请看！

　　在我们的红旗下：

　　又是谁？

　　站起来

　　大声发言——

忘记过去吗？

不能！

不能！

不能！

因为我是

永远不会忘本的

“饥寒交迫的奴隶”——

中国的

革命的

士兵！

叫我们

那样活着吗？

不行！

不行！

不行！

因为我是

站在

不倒的红旗下，

前进在

从井冈山出发的

行列中！

问我的名字吗？

我的名字……

呵，我们的

名字：

　　雷——锋！……

五

雷锋，你是

真正的

真正的

幸福呵！

　　你是何等的

　　何等的

　　聪明！

你用我们旗帜一样

鲜红的颜色，

写下了

你短暂的

却是不朽的

历史，

你在阶级的伟大事业里，

在为人民服务的无限之中，

找到了呵——

最壮丽的

人生！

你的生命

是多么

富有呵！

在我们党的怀抱中，

你已成长得

力大无穷！

……可老战友们

总还习惯叫你

“小雷”呵——

你只有

一百五十四厘米

身高，

二十二岁的

年龄……

但是，在你军衣的

五个纽扣后面

却有：

七大洲的风雨、

亿万人的斗争

——在胸中包容！……

你全身的血液

你每一根神经，

都沸腾着

对祖国的热爱，

而你同时

在每一天，

每一分钟，

念念不忘：

世界上还有

千千万万

受难的弟兄！……

“上刀山！

下火海！……”

——雷锋呵，

在准备着！

风吹来！

雨打来！

——雷锋呵，

道路分明！……

呵！这就是

这就是

一个叫做

“雷锋”的

中国革命战士的

英雄姿态！

这就是

我们的大地

我们的母亲

以雷锋的名义

给历史的

回应——

人呵，

应该

这样生！

路呵，

应该

这样行！……

六

呵，让歌手们

歌唱吧，

登上我们

新的长城：

“……北来的大雁呵，

你们不必

对空哀鸣，

说那

寒霜突降，

草木凋零……

且看这里：

遍地青松，

个个雷锋！——

……快摆开

你们新的雁阵呵，

把这大写的

‘人’字——

写向那

万里长空！……”

呵！雷锋，雷锋，雷锋呵……

此刻

我不能

远远地

望着你的背影

把你赞颂，

　　——我必须

　　赶上前来！

和你

一起呵

　　奔向这

　　伟大的斗争！

呵！雷锋……

我不是

一个人呵，

　　我在唱

　　我们亿万人民

　　内心的激动！

看呵

奔你来！
学你来！
　　——我们的大地上
　　正脚步匆匆！……

看我们
大步前进吧！
　　看我们
　　日夜兼程！……
怕什么
狂风巨浪？！……
　　怕什么
　　困难重重！……
哪怕它呵
北风欺我
把我黄河
一夜冰封？
　　——我们有

革命壮志：

浩浩长江

万年奔腾！……

哪怕它呵

山崩海啸，

天塌地倾？

——我们有

擎天柱：

我们的党！

我们有

毛泽东思想

炼成的

补天石：

百万——雷锋！……

1963年3月31日

西去列车的窗口

贺敬之

在九曲黄河的上游，

在西去列车的窗口……

是大西北一个平静的夏夜，

是高原上月在中天的时候。

一站站灯火扑来，像流萤飞走，

一重重山岭闪过，似浪涛奔流……

此刻，满车歌声已经停歇，

婴儿在母亲怀中已经睡熟。

呵，在这样的路上，这样的时候，

在这一节车厢，这一个窗口——

你可曾看见：那些年轻人闪亮的眼睛
在遥望六盘山高耸的峰头？

你可曾想见：那些年轻人火热的胸口
在渴念人生路上第一个战斗？

你可曾听到啊，在车厢里：
仿佛响起井冈山拂晓攻击的怒吼？

你可曾望到啊，灯光下：
好像举起南泥湾披荆斩棘的镢头？

啊，大西北这个平静的夏夜，
啊，西去列车这不平静的窗口！

一群青年人的肩紧靠着一个壮年人的肩，

看多少双手久久地拉着这双手……

他们呵，打从哪里来？又往哪里走？
他们属于哪个家庭？是什么样的亲友？

他呵，塔里木垦区派出的带队人——
三五九旅的老战士、南泥湾的突击手。

他们，上海青年参加边疆建设的大队——
军垦农场即将报到的新战友。

几天前，第一次相见——
是在霓虹灯下，那红旗飘扬的街头。

几天后，并肩拉手——
在西去列车上，这不平静的窗口。

从第一天，老战士看到你们啊——

那些激动的面孔、那些高举的拳头……

从第一天，年轻人看到你啊——
旧军帽下根根白发、臂膀上道道伤口……

呵，大渡河的流水啊，流进了扬子江口，
沸腾的热血啊，汇流在几代人心头！

你讲的第一个故事："当我参加红军那天"；
你们的第一张决心书："当祖国需要的时候……"

"呵，指导员牺牲前告诉我：
'想到呵，——十年后……百年后……'"

"呵，我们对母亲说：
'我们——永远、永远跟党走！……'"

第一声汽笛响了。告别欢送的人流。

收回挥动的手臂啊，紧攀住老战士肩头。

第一个旅途之夜。你把铺位安排就。

悄悄打开针线包啊，给“新兵们”缝缀衣扣……

呵！是这样的家庭啊，这样的骨肉！

是这样的老战士啊，这样的新战友！

呵，祖国的万里河山！……

呵，革命的滚滚洪流！……

一路上，扬旗起落——

苏州……郑州……兰州……

一路上，倾心交谈——

人生……革命……战斗……

而现在，是出发的第几个夜晚了呢？

今晚的谈话又是这样久、这样久……

看飞奔的列车，已驶过古长城的垛口，

窗外明月，照耀着积雪的祁连山头……

但是，“接着讲吧，接着讲吧！

那杆血染的红旗以后怎么样呵，以后？”

“说下去吧，说下去吧！

那把汗浸的镢头开呵、开到什么时候？”

“以后，以后……那红旗呵——

红旗插上了天安门的城楼……”

“以后，以后……那南泥湾的镢头啊——

开出今天沙漠上第一块绿洲……”

啊，祖国的万里河山！……

啊，革命的滚滚洪流！……

“现在，红旗和镢头，已传到你们的手。

现在，荒原上的新战役，正把你们等候！”

看，老战士从座位上站起——

月光和灯光，照亮他展开的眉头……

看，青年们一起拥向窗前——

头一阵大漠的风尘，翻卷起他们新装的衣袖！

……但是现在，已经到必须休息的时候，

老战士命令：“各小队保证，一定睡够！”

立即，车厢里平静下来……

窗帘拉紧。灯光减弱。人声顿收。……

但是，年轻人的心呵，怎么能够平静？
——在这样的路上，在这样的时候！

是的，怎么能够平静啊，在老战士的心头，
——是这样的列车，是这样的窗口！

看那是谁？猛然翻身把日记本打开，
在暗中，大字默写：“开始了——战斗！”

那又是谁啊？刚一入梦就连声高呼：
“我来了！我来了！——决不退后！……”

呵，老战士轻轻地走过每个铺位，
到头又回转身来，静静地站立在门后。

面对着眼前的这一切情景，
他，看了很久，听了很久，想了很久……

呵，胸中的江涛海浪！……
呵，满天的云月星斗！……

——该怎样做这次行军的总结呢？
怎样向党委汇报这一切感受？

该怎样估量这支年轻的梯队啊？
怎样预计这开始了的又一次伟大战斗？

……戈壁荒原上，你漫天的走石飞沙啊，
……革命道路上，你阵阵的雷鸣风吼！

乌云，在我们眼前……
阴风，在我们背后……

江山呵，在我们的肩！
红旗呵，在我们的手！

呵，眼前的这一切一切呵，

让我们说：胜利呵——我们能够！

…… ……

…… ……

呵！我亲爱的老同志！

我亲爱的新战友！

现在，允许我走上前来吧，

再一次、再一次拉紧你们的手！

西去列车这几个不能成眠的夜晚呵，

我已经听了很久，看了很久，想了很久……

我不能、不能抑止我眼中的热泪呵，

我怎能、怎能平息我激跳的心头？！

我们有这样的老战士啊，

是的，我们——能够！

我们有这样的新战友啊，

是的，我们——能够！

啊，祖国的万里江山、万里江山啊！……

啊，革命的滚滚洪流、滚滚洪流！……

现在，让我们把窗帘打开吧，

看车窗外，已是朝霞满天的时候！

来，让我们高声歌唱啊——

“……鲜红的太阳照遍全球！……”

1963 年 12 月 14 日

桂林山水歌

贺敬之

云中的神呵，雾中的仙，

神姿仙态桂林的山！

情一样深呵，梦一样美，

如情似梦漓江的水！

水几重啊，山几重？

水绕山环桂林城……

是山城啊，是水城？

都在青山绿水中……

呵！此山此水入胸怀，

此时此身何处来？

……黄河的浪涛塞外的风，

此来关山千万重。

马鞍上梦见沙盘上画：

“桂林山水甲天下”……

呵！是梦境呵，是仙境？

此时身在独秀峰！

心是醉呵，还是醒？

水迎山接入画屏！

画中画——漓江照我身千影，

歌中歌——山山应我响回声……

招手相问老人山，

云罩江山几万年？

——伏波山下还珠洞，
宝珠久等叩门声……

鸡笼山一唱屏风开，
绿水白帆红旗来！

大地的愁容春雨洗，
请看穿山明镜里——

呵！桂林的山来漓江的水——
祖国的笑容这样美！

桂林山水入胸襟，
此景此情战士的心——

江山多娇人多情，

使我白发永不生！

对此江山人自豪，

使我青春永不老！

七星岩去赴神仙会，

招呼刘三姐呵打从天上回……

人间天上大路开，

要唱新歌随我来！

三姐的山歌十万八千箩，

战士呵，指点江山唱祖国……

红旗万梭织锦绣，

海北天南一望收！

塞外的风沙呵黄河的浪，

春光万里到故乡。

红旗下：少年英雄遍地生——
望不尽：千姿万态“独秀峰”！

——意满怀呵，情满胸，
恰似漓江春水浓！

啊！汗雨挥洒彩笔画：
桂林山水——满天下！……

1961年8月

中国的十月（节选）

贺敬之

一九七六年，

中国的十月。

历史的巨笔，

将这样书写：

无产阶级革命的

又一伟大战役，

为真理而斗争——

新的光辉一页！

啊……

一九七六年，

严峻的十月。

伟大的导师

和他伟大的战友
已和我们永别
生前的遗志啊，
怎样实现？
如何继承
他们开创的事业？

在中国，
在十月。
阶级大搏斗的
风风雨雨，
我们心潮激荡的
日日夜夜——
怎能不想啊
那长征路上
莽莽昆仑“这多雪”？

在北京，

在十月。

中南海内

波浪起伏，

长安街上

灯火明灭——

怎么不念啊

娄山关前

“而今迈步从头越”？

啊……

一九七六年，

惊心动魄的十月！

天安门城楼

连接着遵义城堞，

大会堂

似见当年

那会址的台阶。

每一天，

每一夜，

怎能不牵动

世界人民的心啊，

和我们人民

心中的世界？

啊！

一九七六年，

震撼世界的十月！

我们的党

胜利了！

北京的晨曦

向世界报捷。

党中央一举粉碎

“四人帮”反党集团，

无产阶级的巨手，

终于捉住了这窝蛇蝎！

在声讨会上，

在游行的行列。

我又看见——

师傅肩头

大伯留下的血衣……

小侄儿手中

妈妈被卖的契约……

我怎能不高呼——

叛徒、内奸捉住啦！

我们红色的万里江山啊，

怎容他拉回

那“三月的租界”！

在声讨会上，

在游行的行列。

我又看见——

那英雄连队

登城首功的战旗……

老将军脚上

那万里长征的草鞋……

我怎能不大叫——

“四人帮”垮台啦！

我们党的千秋大业，

决不能被蛀虫一旦毁灭！

啊……

一九七六年，

思绪万端的十月……

喜泪如连绵春雨啊，

捷报似漫天飞雪。

百里首都钢城，

十里长安大街……

——此情此景啊

怎能不令人记起：

突破腊子口，

三军开颜的滚滚铁流……

百万雄师过江，

踏平魔鬼的巢穴……

——此景此情啊

又怎不令人回想：

泪雨中升起的

第一面五星红旗……

第一次照见

五亿人民团圆的

中秋明月……

啊……

一九七六年，

万众欢呼的十月！

爆竹声声相连，

锣鼓阵阵相接……

不是国庆的国庆啊，

不是过节的过节。

听《国际歌》声

向万里云天飞越……

是巴黎公社的火焰，

是丙辰清明的鲜血……

卷起我心潮滚滚啊，

似大江东去浪千叠！

任妖魔善变，

任道路曲折——

马列必胜。

人民不朽。

真理不灭。

——这就是

一九七六年十月战役的

伟大总结。

——这就是

今日的中国

又一次

这样回答

今日的世界！……

向困难进军

郭小川

骏马
　　在平地上如飞地奔走，
　　有时却不敢越过
　　　　　　　湍急的河流；
大雁
　　在春天爱唱豪迈的进行曲
　　一到严厉的冬天
　　　　　　　歌声里就满含着哀愁；
公民们！
你们
　　在祖国的热烘烘的胸脯上长大，
　　会不会
　　　　在困难面前低下了头？
不会的

我信任你们

甚至超过我自己，

不过

我要问一问

你们做好了准备没有？

我

比你们年长几岁

而且光荣地成了你们的朋友，

禁不住

要把你们的心

带回到那变乱的年头。

当我的少年时代

生活

决不像现在这样

自由而温暖，

我过早地同我们的祖国在一起

负担着巨大的忧患，

可是我仍然是稚气的，

人生的道路

在我看来是如此的一目了然，

仿佛

只要报晓的钟声一响，

神话般的奇迹

就像彩霞似的出现在天边，

一切

都会是不可思议地美满……

呵，就在这个时候

严峻的考验来了！

抗日战争的炮火

在我寄居的城市中

卷起浓烟，

我带着泪痕

投入红色士兵的行列

走上前线。

……真正的生活开始了！

可惜

它开始得过于突然！

我呀

几乎是毫无准备地

遭遇到一场风险。

在一个雨夜的行军的路上，

我慌张地跑到

最初接待我的将军的面前，

诉说了

我的烦恼和不安：

打仗嘛

我还不能自如地往枪膛里装子弹，

动员人民嘛

我嘴上只有书本上的枯燥的语言。

我说：

“同志，

请允许我到后方再学几年。”

于是

将军的沉重的声音

在我耳边震响了：

“问题很简单——

不勇敢的

在斗争中学会勇敢，

怕困难的

去顽强地熟悉困难。”

呵呵

这闪光的话

像雨点似的打在我的心间，

我怀着感激

回到我们的队伍中

继续向前……

现在

十八年已经过去了，

时间

锻炼了我

并且为我们的祖国带来荣耀，

不是我们

被困难所征服，
而是那些似乎很吓人的困难
一个个
在我们的面前跪倒。
黑暗永远地消亡了，
随太阳一起
滚滚而来的
是胜利和欢乐的高潮。
公民们
我羡慕你们，
你们的青年时代
就这样好！
你们再不要
赤手空拳
去夺敌人手中的三八枪了，
而是怎样
去建造
保卫祖国的远射程的海防炮；

你们再不要

乘着黑夜

去挖隐蔽身体的地洞了，

而是怎样

寻根追底地到深山去探宝；

你们再不要

越过地堡群

偷袭敌人控制的城市了，

而是怎样

把从工厂中伸出的烟囱

筑得直上云霄；

你们再不要

打着小旗

到地主庭院去减租减息了，

而是怎样

把农业生产合作社

办得又多又好……

是呵

连你们遭遇的困难

都使我感到骄傲，

可是我要说

它的威风

决不会比从前小。

社会主义的道路上

并非

平安无事，

就在阳光四射的早晨

也时常

有风雨来袭，

帝国主义者

对着我们

每天都要咬碎几颗吃人的牙齿，

生活的河流里

随处都可能

埋伏着坚硬的礁石，

旧世界的苍蝇们

在每个阳光不曾照进的角落

生着蛆……

新生的事物

每时每刻都遇到

没落者的抗拒……

然而我要告诉你们

凭着我所体味的生活的真理：

困难

这是一种愚蠢而又怯懦的东西，

它

惯于对着惊恐的眼睛

卖弄它的威力，

而只要听见刚健的脚步声

就像老鼠似地

悄悄向后缩去，

它从来不能战胜

人们的英雄的意志。

那么，同志们！

让我们

以百倍的勇气和毅力

向困难进军！

不仅用言词

而且用行动

说明我们是真正的公民！

在我们的祖国中

困难减一分，

幸福就要长几寸，

困难的背后

伟大的社会主义世界

正向我们飞奔。

1956年1月9日

甘蔗林——青纱帐

郭小川

南方的甘蔗林哪，南方的甘蔗林！

你为什么这样香甜，又为什么那样严峻？

北方的青纱帐啊，北方的青纱帐！

你为什么那样遥远，又为什么这样亲近？

我们的青纱帐哟，跟甘蔗林一样地布满浓荫，

那随风摆动的长叶啊，也一样地鸣奏嘹亮的琴音；

我们的青纱帐哟，跟甘蔗林一样地脉脉情深，

那载着阳光的露珠啊，也一样地照亮大地的清晨。

肃杀的秋天毕竟过去了，繁华的夏日已经来临，

这香甜的甘蔗林哟，哪还有青纱帐里的艰辛！

时光像泉水一般涌啊，生活像海浪一般推进，

那遥远的青纱帐哟，哪曾有甘蔗林里的芳芬！

我年青时代的战友啊，青纱帐里的亲人！
让我们到甘蔗林集合吧，重新会会昔日的风云；
我战争中的伙伴啊，一起在北方长大的弟兄们！
让我们到青纱帐去吧，喝令时间退回我们的青春。

可记得？我们曾经有过一个伟大的发现：
住在青纱帐里，高粱秸比甘蔗还要香甜；
可记得？我们曾经有过一个大胆的判断：
无论上海或北京，都不如这高粱地更叫人留恋。

可记得？我们曾经有过一种有趣的梦幻：
革命胜利以后，我们一道捋着白须、游遍江南；
可记得，我们曾经有过一点渺小的心愿：
到了社会主义时代，狠狠心每天抽它三支香烟。

可记得？我们曾经有过一个坚定的信念：

即使死了化为粪土，也能叫高粱长得秆粗粒圆；
可记得？我们曾经有过一次细致的计算：
只要青纱帐不倒，共产主义肯定要在下一代实现。

可记得？在分别时，我们定过这样的方案：
将来，哪里有严重的困难，我们就在哪里见面；
可记得？在胜利时，我们发过这样的誓言：
往后，生活不管甜苦，永远也不忘记昨天和明天。

我年青时代的战友啊，青纱帐里的亲人！
你们有的当了厂长、学者，有的作了编辑、将军，
能来甘蔗林里聚会吗？——不能又有什么要紧！
我知道，你们有能力驾驭任何险恶的风云。

我战争中的伙伴啊，一起在北方长大的弟兄们！
你们有的当了工人、教授，有的作了书记、农民，
能再回到青纱帐去吗？——生活已经全新，
我知道，你们有勇气唤回自己的战斗的青春。

南方的甘蔗林哪，南方的甘蔗林！

你为什么这样香甜，又为什么那样严峻？

北方的青纱帐啊，北方的青纱帐！

你为什么那样遥远，又为什么这样亲近？

1962 年 3 月至 6 月

乡村大道

郭小川

一

乡村大道呵，好像一座座无始无终的长桥！

从我们的脚下，通向遥远的天地之交；

那两道长城般的高树呀，排开了绿野上的万顷波涛。

哦，乡村大道，又好像一根根金光四射的丝绦！

所有的城市、乡村、山地、平原，都叫它串成珠宝；

这一串串珠宝交错相连，便把我们的绵绣江山缔造！

二

乡村大道呵，也好像一条条险峻的黄河！

每一条的河身，至少有九曲十八折；

而每一曲、每一折呀，都常常遇到突起的风波。

哦，乡村大道，又好像一道道干涸的沟壑！

那上面的石头和乱草呵，比黄河的浪涛还要多；

古往今来的旅人哟，谁不受够了它们的颠簸！

三

乡村大道呵，我生之初便在它上面匍匐；

当我脱离了娘怀，也还不得不在上面学步；

假如我不曾在上面匍匐学步，也许至今还是个侏儒。

哦，乡村大道，所有的山珍土产都得从此上路，

所有的英雄儿女，都得在这上面出出入入；

凡是前来的都有远大的前程，不来的只得老死狭谷。

四

乡村大道呵，我爱你的长远和宽阔，
也不能不爱你的险峻和你那突起的风波；
如果只会在花砖地上旋舞，那还算什么伟大的生活！

哦，乡村大道，我爱你的明亮和丰沃，
也不能不爱你的坎坎坷坷、曲曲折折；
不经过这样山山水水，黄金的世界怎会开拓！

1962 年 6 月

刻在北大荒的土地上

郭小川

继承下去吧，我们后代的子孙！

这是一笔永恒的财产——千秋万古长新；

耕耘下去吧，未来世界的主人！

这是一片神奇的土地——人间天上难寻。

这片土地哟，头枕边山、面向国门，

风急路又远啊，连古代的旅行家都难以问津；

这片土地哟，背靠林海，脚踏湖心，

水深雪又厚啊，连驿站的千里马都不便扬尘。

这片土地哟，一直如大梦沉沉！

几百里没有人声，但听狼嚎、熊吼、猛虎长吟；

这片土地哟，一直是荒草森森！

几十天没有人影，但见蓝天、绿水、红日如轮。

这片土地哟，过去好似被遗忘的母亲！
那清澈的湖水啊，像她的眼睛一样望尽黄昏；
这片土地哟，过去犹如被放逐的黎民！
那空静的山谷啊，像他的耳朵一样听候足音。

永远记住这个时间吧：一九五四年隆冬时分，
北风早已吹裂大地，冰雪正封闭着古老的柴门；
永远记住这些战士吧：一批转业的革命军人，
他们刚刚告别前线，心头还回荡着战斗的烟云。

野火却烧起来了！它用红色的光焰昭告世人：
从现在起，北大荒开始了第一次伟大的进军！
松明都点起来了！它向狼熊虎豹发出檄文：
从现在起，北大荒不再容忍你们这些暴君！

谁去疗治脚底的血泡呀，谁去抚摸身上的伤痕！

马上出发吧，到草原的深处去勘察土质水文；
谁去清理腮边的胡须呀，谁去涤荡眼中的红云！
继续前进吧，用满身的热气冲开弥天的雪阵。

还是吹起军号呵！横扫自然界的各色“敌人”，
放一把大火烧开通路，用雪亮的刺刀斩草除根！
还是唱起战歌呵！以注满心血的声音呼唤阳春，
节省些口粮作种子，用扛惯枪的肩头把犁耙牵引。

哦，没有拖拉机、没有车队、没有马群……
却有几万亩土地——在温暖的春风里翻了个身！
哦，没有住宅区，没有野店，没有烟村……
却有几个国营农场——在如林的帐篷里站定了脚跟！

怎样估价这笔财产呢？我感到困难万分，
当我写这诗篇的时候，机车如建筑物已经结队成群；
怎样测量这片土地呢？我实在力不从心，
当我写这诗篇的时候，绿色的麦垄还在向天边延伸。

这笔永恒的财产啊，而且是生活的指针！
它那每条开阔的道路呀，都像是一个清醒的引路人；
这片神奇的土地啊，而且是真理的园林！
它那每只金黄的果实呀，都像是一颗明亮的心。

请听：战斗和幸福、革命和青春——
在这里的生活乐谱中，永远是一样美妙的强音！
请看：欢乐和劳动、收获和耕耘——
在这里的历史图案中，永远是一样富丽的花纹！

请听：燕语和风声、松涛和雷阵——
在这里的生活歌曲中，永远是一样地悦耳感人！
请看：寒流和春雨、雪地和花荫——
在这里的历史画卷中，永远是一样地醒目动心！

我们后代的子孙啊，共产主义时代的新人！
埋在这片土地里的祖先，怀着对你们最深的信任；
你们的道路，纵然每分钟都是那么一帆风顺，也不会有一秒钟——遗失了革命的灵魂……

未来世界的主人啊，社会主义祖国的公民！
埋在这片土地里的祖先，对你们抱有无穷的信心；
你们的生活，纵然千百倍地胜过当今，
也不会有一个早上——忘记了这一代人的困苦艰辛。

是的，一切有出息的后代，历来珍视革命先辈的遗训，
而不是虚设他们的灵牌——用三炷高香侍奉晨昏；
是的，一切有出息的后代，历来尊重开拓者的苦心，
而不是只从他们的身上——挑剔微不足道的灰尘。

……继承下去吧，我们后代的子孙！
这是一笔永恒的财产——千秋万古长新；
……耕耘下去吧，未来世界的主人！
这是一片神奇的土地——人间天上难寻。

1963 年 1 月

秋　歌

郭小川

不止一次了，清爽的秋风把我从昏睡中吹醒；
不止一次了，节目的礼花点燃起我心中的火种。

今年的秋风似乎格外锐利，有如刀锋；
今年的礼花似乎格外明亮，胜过群星。

我曾有过迷乱的时刻，于今一想，顿感阵阵心痛；
我曾有过灰心的日子，于今一想，顿感愧悔无穷。

是战士，决不能放下武器，哪怕是一分钟；
要革命，决不能止步不前，哪怕面对刀丛。

见鬼去吧，三分杂念，半斤气馁，一己声名；

滚它的吧，市侩哲学，庸人习气，懦夫行径。

面对大好形势，一片光明，而不放声歌颂；
这样的人，哪怕有一万个，也少于零。

眼见“修正”谬种、鬼蜮横行，而不奋力抗争；
这样的人，即使有五千个，也尽饭桶。

磨快刀刃吧，要向修正主义的营垒勇敢冲锋；
跟上工农兵的队伍吧,用金笔剥开暗藏敌人的花色皮层。

清清喉咙吧，重新唱出新鲜有力的战斗歌声；
喝杯生活的浓酒吧，再度激起久久隐伏的革命豪情。

人民的乳汁把我喂大，党的双手把我育成；
不是让我虚度年华，而是要我参加伟大的斗争。

同志给我以温暖，亲人给我以爱情，

不是让我享受清福，而是要我坚持继续革命。

战士的一生，只能是战斗的一生；
战士的作风，只能是革命的作风。

我知道，总有一天，我会衰老，老态龙钟；
但愿我的心，还像入伍时候那样年青。

我知道，总有一天，我会化烟，烟气腾空；
但愿它像硝烟，火药味很浓，很浓。

听，冰雪辽河，风雨长江，日夜激荡有声；
听，南方竹阵，北国松涛，还在呼号不停。

看，运粮车队，拖拉机群，一直轰轰跃动；
看，无数战马，百万雄兵，永远向前奔行。

清爽的秋风呵，已经把我的身躯吹得飞上晴空；

节日的礼花呵，已经把我的心胸烧得大火熊熊。

个人是渺小的，但我感到力大无穷；

因为帮我带我的，是雄强勇健的亿万群众。

我是愚笨的，但现在似乎已百倍聪明；

因为领我教我的，是英明伟大的领袖毛泽东！

1975年10月

团泊洼的秋天

郭小川

秋风像一把柔韧的梳子，梳理着静静的团泊洼；

秋光如同发亮的汗珠，飘飘扬扬地在平滩上挥洒。

高粱好似一队队“红领巾”，悄悄地把周围的道路观察；

向日葵摇头微笑着，望不尽太阳起处的红色天涯。

矮小而年高的垂柳，用苍绿的叶子抚摸着快熟的庄稼；

密集的芦苇，细心地护卫着脚下偷偷开放的野花。

蝉声消退了，多嘴的麻雀已不在房顶上吱喳；

蛙声停息了，野性的独流减河也不再喧哗。

大雁即将南去，水上默默浮动着白净的野鸭；

秋凉刚刚在这里落脚，暑热还藏在好客的人家。

秋天的团泊洼啊，好像在香甜的梦中睡傻；
团泊洼的秋天啊，犹如少女一般羞羞答答。

团泊洼，团泊洼，你真是这样静静的吗？
全世界都在喧腾，哪里没有雷霆怒吼，风云变化！

是的，团泊洼的呼喊之声，也和别处一样洪大；
听听人们的胸口吧，其中也和闹市一样嘈杂。

这里没有第三次世界大战，但人人都在枪炮齐发；
谁的心灵深处——没有奔腾咆哮的千军万马！

这里没有刀光剑影的火阵，但日夜都在攻打厮杀；
谁的大小动脉里——没有炽热的鲜血流响哗哗！

这里的《共产党宣言》，并没有掩盖在尘埃之下；

毛主席的伟大号召，在这里照样有最真挚的回答。

无产阶级专政的理论，在战士的心头放射光华；
反对修正主义的浪潮，正惊退了贼头贼脑的鱼虾。

解放军兵营门口的跑道上，随时都有马蹄踏踏；
五·七干校的校舍里，荧光屏上不时出现《创业》和《海霞》。

在明朗的阳光下，随时都有对修正主义的口诛笔伐；
在一排排红房之间，常常听见同志式温存的夜话。

……至于战士的深情，你小小的团泊洼怎能包容得下！
不能用声音，只能用没有声音的“声音”加以表达：

战士自有战士的性格：不怕污蔑，不怕恫吓；
一切无情的打击，只会使人腰杆挺直，青春焕发。

战士自有战士的抱负：永远改造，从零出发；

一切可耻的衰退，只能使人视若仇敌，踏成泥沙。

战士自有战士的胆识：不信流言，不受欺诈；
一切无稽的罪名，只会使人神志清醒，大脑发达。

战士自有战士的爱情：忠贞不渝，新美如画；
一切额外的贪欲，只能使人感到厌烦，感到肉麻。

战士的歌声，可以休止一时，却永远不会沙哑；
战士的明眼，可以关闭一时，却永远不会昏瞎。

请听听吧，这就是战士一句句从心中掏出的话。
团泊洼，团泊洼，你真是那样静静的吗？

是的，团泊洼是静静的，但那里时刻都会轰轰爆炸！
不，团泊洼是喧腾的，这首诗篇里就充满着嘈杂。

不管怎样，且把这矛盾重重的诗篇埋在坝下，它也许不合你秋天的季节，但到明春准会生根发芽……

1975 年 9 月

春天正在敲中国的门窗

严　阵

同志们，听，听见了吗？
春天正在敲中国的门窗！

不错，风正紧，雪正狂，
可风雪怎能掩得住春光！
在呼啸的风晨，在纷乱的雪夜，
多少公社的窗口，灯火通亮，
多少灯下，多少坚毅的面孔，
多少笑声，多少战士的心肠，
多少苦战，多少霜晨雨夕的回顾，
多少计划，多少绿色的希望，
多少雄心，多少斩钢折铁的誓辞，
多少豪气，多少雷暴滚过的胸膛，

多少人已把春天的幼苗育满心田，
多少人正把未来的风云一一估量，
这情景，这场面，使人想得很远，
想到历史上一些大战之前的景象。
啊，春天，来吧，你来吧，
我们的千军万马正在风雪里隐藏！

听啊，同志们，快听，
春天正在敲中国的门窗！

拖拉机手正忙着擦洗机器，
我们红色的铁马，闪闪发光，
塘边的杨柳啊，为我们绿吧，
公社的村庄里，人强马壮，
翻犁过的大地，袒露着胸怀，
精选过的种子，晒满场上，
车轮啊，当心磨损那未干的新漆，
伟大的收获将由你拉回村庄，

一千条河堤啊，一万条塘埂，
快为我们注满生活的酒浆，
辽远的天空啊，我们向你眺望，
每片云彩都将给我们带来淅沥的雨响？
千堆肥，万堆肥，早已堆满田头，
千颗心，万颗心，都热得像火一样。
啊，春天，来吧，你来吧，
我们的千军万马正在风雪里隐藏！

听，同志们，快听啊，
春天正在敲中国的门窗！

白发斑斑的农学家出现在庄口，
他羊皮翻领上的碎雪迎风飞扬，
供销社的干部们活跃在风雪的深处，
迎春曲响在他们含笑的嘴上，
解放牌汽车载来了春天的新绿：
绿色的排灌机械，绿色的车床，

啊，沸腾吧，铁水奔流的工厂，
大地需要坚实的犁头，需要铁的武装，
挥动吧，伐木工人的巨斧，
公社需要犁耙，需要播种的耧耩，
忙起来吧，所有的能工巧匠，
乡村需要斗笠，需要金色的箩筐，
沉思中的大地啊，快些积蓄力量，
一个伟大的思想将在你的泥土里生长！
啊，春天，来吧，你来吧，
我们的千军万马正在风雪里隐藏！

同志们，听，快听啊，
春天正在敲中国的门窗

不错，气象台还正在预报着新的寒流，
可是，新的寒流到来又有何妨！
就是千里冰封，万里雪冻，
春光也照样在我们的血管里激荡，

我们面前是一个时代的春天啊，
它将不会辜负那灿烂的阳光，
那些闹春的鸟儿正向我们飞来呢，
它们正在穿过风暴，越过激浪，
无数绿色的叶子正在风雪中孕育啊，
无数红色的花朵正在无声地滋长，
无数金色的穗子正在人们梦里闪耀，
啊，多少柔美的旋律，多少粗犷的音响，
春天啊，你的声音正在漫遍大地，
春天，你属于人民，你属于党！
啊，春天，来吧，你来吧，
我们的千军万马正在风雪里隐藏！

春天正在敲中国的门窗啊，
它正在敲六亿人民的心房。

1962 年 12 月

英雄碑颂

严　阵

走过天安门广场的同志：停下脚，
请抬起头来仰望，请脱帽，
欢乐和幸福吗？暂且把它忘掉，
英雄碑前，要静悄悄……

风雨交加之日，你会听到黄河咆哮，
它二十年代的巨浪，似雷滚电啸！
云霭迷离之夜，你能听见长江怒号，
它三十年代的狂涛，如石崩山倒！
霜露压肩，你会听到巴山竹笛，
冰雪掩足，你能听见中原洞箫！
松风起时，你会听见角号裂耳，
霹雳过处，你能听见车轮暴跳！

月光蒙蒙，碑下走着方志敏，
哗啦，哗啦，是他脚下沉重的铁镣！
曙光微微，碑前站着李大钊，
他那灰色的长衫，被薄雾笼罩！
灯影里，殷夫的笔仍旧沙沙作响，
星光下，叶挺的剑正在嚓嚓出鞘！
不死的王孝和还怒视着阴森的枪口，
忠贞的刘胡兰正迎向那血染的铡刀！

啊！风沙漫漫，漫漫风沙里，
风沙里时有时无的是森林般的长矛！
啊！雨雾茫茫，茫茫雨雾中，
雨雾中若隐若现的是火焰般的梭镖！
啊，大渡河的波涛上，弹光万道，
啊，金沙江的急流里，桨橹如搅！
五指山——红云，长白山——银袍，
多少英雄冲杀声，全在这碑前缭绕！

啊，浩浩南京路，迢迢咸阳道，
多少愤怒的步伐被套上镣铐！
啊，青青雨花台，寂寂龙华塔，
多少钢铁的胸膛在血泊里仆倒！
啊，古黄鹤楼留下多少志士足迹，
啊，新宝塔山熟悉多少英雄面貌！
刀山——渣滓洞，火海——上饶，
多少同志的鲜血，织成这霞光如潮！

井冈山下炮火初歇赤卫队员还在放哨，
听：一步一步，葛鞋踏着雨后的春草！
湘江岸边红叶簇簇起义农民正磨战刀，
听：一声一声，涛音衬着豪迈的谈笑！
冀中平原青纱帐里游击健儿正在埋伏啊，
江南水乡绿柳丛中将军战马正在长啸！
逐鹿中原啊，每一条道路都在抖动，
横渡长江啊，每一朵浪花都在燃烧！

平汉路上汽笛长鸣罢工工人涌上轨道，

看：呼啦啦，平地卷起了红色风暴！

上海街头呼声震天爱国学生走出学校，

看：轰隆隆，半空中滚来了愤怒浪潮！

二月重庆花前，谁在细声说着联络暗号，

八月南京月下，谁用铅笔轻轻触着电稿！

绞绳千条啊，绞不尽星火燎原，

铁锁万把啊，锁不住阳光普照！

老同志们：听到你战友的声音吗？

新同志们：可听到你前辈进军的号召！

做妻子的：听听丈夫最后的怒吼吧，

做丈夫的：听听妻子高呼的口号！

做儿女的：听听父母的慷慨悲歌吧，

做父母的：听听儿女热血的呼啸！

多少没有说完的话在烈士胸中奔腾啊，

你要听吗？英雄碑前能够听到！

北国千山，山山都在这碑前聚，

南方万水，水水都在这碑前绕！

啊，多少皮鞭多少枪弹多少棍棒刺刀，

啊，多少眼泪多少仇恨多少血的忠告！

为了今天，先辈们曾付出了多大的牺牲啊，

为了明天，我们肩头的分量该有多少！

好好记取吧：我的同志！我的同胞！

万代莫忘啊：六万万个男女老少！

走过天安门广场的同志：停下脚，

请抬起头来仰望，请脱帽，

烈士们的目光正瞧着我们啊，

英雄碑前，不是静悄悄……

1963年4月6日

长江在我窗前流过

严　阵

长江在我窗前流过，
翻腾着金黄色的浊波，
呵，这热情澎湃的河流，
横贯了我的祖国。

每天黎明时分，
她总以潮声把我频催。
每当夜晚降临，
她总以涛音抚我入睡。

晴空万里呵，
她的水面上流着翡翠。
乌云纷涌呵，

她的波涛里藏着惊雷。

啊，她浩浩荡荡，
每天把红日托上。
她宽阔的胸襟
容得下万船齐放。

啊，她滔滔不息，
后浪催着前浪。
她从历史的群峰中穿过，
谁能把她阻挡？！

她肥沃辽阔的两岸，
流溢着稻谷的芬芳，
每一个金色的穗子里，
都有它甘美的奶浆。

在乡村的茅屋边，

在绿柳垂荫的大堤上，
听，关于它的歌曲，
是那么醉人，难忘。

啊，她千里一线，
是亚洲原野的琴弦；
她那伟大的旋律，
东方，西方，都听得见。

她庄严的强音，
像风暴卷过莽原；
她日夜不停地响着，
声音里充满了情感。

啊，她从月夜里流过，
她从霞云里流过，
她从雷雨里流过，
她从阳光里流过。

这滚滚的河流

日夜都激动着我，

我这小小的窗口，

震响她强壮的脉搏。

长江从我窗前流过，

翻腾着金黄色的浊波，

啊，这热情澎湃的河流，

横贯了我的祖国。

淮河评论

严　阵

啊，淮河平原，啊，淮河流水，
啊，淮河两岸星罗棋布的村围！
古往今来人们曾怎样地谈论过你，
你的泥土曾埋过多少断戟残碑！
多少大风曾卷起你遥远的尘沙，
多少苦霜曾打落你满树的花蕾！
多少烈日曾烙焦你六月的禾苗，
多少洪峰曾冲去你八月的谷堆！
一年四季三淹三旱是平常得很啊，
你为什么却越来越富越来越美？

举目远眺吧：看大平原的村舍，
哪一座不是向灾害斗争的营垒！

洗耳恭听吧：听淮河水的涛音，
哪一声不是向困难进军的号笛！
这里的每条道路都是庄严的征途，
这里的每个斗笠都是英武的头盔！
平原梦中响的永远是狂风暴雨啊，
淮河心上滚的永远是霹雳惊雷！
是谁？谁在这里搏斗了世世代代？
是谁？谁在这里守卫了祖祖辈辈？

是我们！是我们！是我们！
是我们把天大的困难在手心捏碎！
是我们筑起了无数的水库水闸，
不给狂风恶浪以行凶的机会！
是我们开辟了无数纵横的河道，
为大旱中的禾苗准备了酒杯！
是我们竖起了高压线的铁塔啊，
使天南地北连结着钢铁的经纬！
是我们砌成了绵延千里的大堤啊，

它雷轰不毁风吹不摧浪打不碎！

是我们！是我们！是我们！
是我们用灿烂的色彩将大地描绘！
是我们用犁头翻起黑色的黏土啊，
任火样的霞光染红金黄的牛背！
是我们用耧耩播下饱满的种子啊，
让千里平原盖上一层幼苗的碧翠！
是我们挥着锄头锄净了杂草啊，
是我们用镰刀收割了成熟的谷穗！
是我们不惜用弹雨般的汗珠啊，
换回了一车又一车真理的珠贝！

啊，请折一枝平原的柳闻一闻吧，
仔细地闻一闻它是什么气味，
往日它曾编织过流浪汉的筐篮啊，
今天它是不是香得浸人心肺？
啊，请捧一口淮河的水尝一尝吧，

仔细地尝一尝它到底有多甘美，

往日它曾洗涤过逃荒人的眼泪啊，

今天它是不是甜得使人舒眉？

平原柳啊淮河水！你说话吧，

请你把苦苦甜甜的经历告诉后辈！

啊，请捧起那花鼓小锣敲一声吧，

轻轻地敲一声，不要流泪！

秋风萧瑟北雁南归它曾响遍中原啊，

寒霜盖路大雪遮天它曾把我们奉陪！

啊，请放开喉咙慢慢地唱一句吧，

就唱那么一句，不必絮赘！

唱多了我怕淮河吃不住劲啊，

说不定又会搅腾起它那陈年的苦水！

花鼓小锣凤阳歌啊，你告诉我，

想想过去看看现在你有什么体会？

啊，举目远眺，到处桃红柳翠，

红旗紫霞。蓝天白云。青山绿水！
啊，洗耳恭听，新曲萦萦满嘴，
车响马嘶。莺歌燕语。和风轻雷！
每片色彩每种声音都使我振奋啊，
每堆泥土每块石头都使我心醉！
淮河两岸千百年来经历了多少风浪，
险恶的风浪只能衬托出人民的无畏！
哪怕风浪再持续它千年万载啊，
倔强的大地英雄的人民决不离开岗位！

啊，淮河平原，啊，淮河流水，
啊，淮河两岸星罗棋布的村围！
你在我眼前展现出一幅怎样的图画啊，
你在我心中唤起了多少闪光的语汇！
你每片大地都是一课生活教科书啊，
你每个村庄都是一座历史的丰碑！
透过平原一望无际的风云烟雨，
我看到你茁壮地生长着勇气和智慧！

若问什么是淮河两岸人民的性格?

回答是坚定不移顽强不屈百折不回!

1963 年 3 月

江　南

严　阵

几树杏花，数抹远山，——千重镜花，水影，
绿波深处，草色浓处，——一片烟村，古城，
柳堤，晓月，小楼，东风，布置得天衣无缝，
这就是江南，——五千年祖国的灿烂画屏。

想当年这里活跃过多少风流才子，绝代美人，盖世英雄，
而今已随凋落的历史烟尘，化为天涯旧梦，
此时此刻，只见曲岸垂杨三千里，一江春水融融，
一天花雨，孕育着一片无边无际的绝妙新红。

莫道江南垂柳多，一丝柳，一寸柔情，
袅袅柳浪中间，藏着多少黄莺？
隔叶黄鹂空好音的时代，已经一去不复返了，

今天的江南，杨柳风里，新凤犹有老凤声。

莫道江南红云多，一团红，一番胜境，
多少幼芳初蕊，今日正当妙龄，
千里莺啼绿映红的历史，好像正是刚刚开始，
现代的江南，前后左右，全是一片好风景。

今日望江南，每一个地方，都有多景楼，赏心亭，
今日梦江南，每一处所在，都有十里荷花，中秋月明，
江南好啊，古往今来都好，可是此刻更好，
新一代的蜜蜂，不用多久，就可以把新的蜜汁酿成。

绿波深处，草色浓处，——曲径处处通幽，
几树杏花，数抹远山，——大路条条入胜，
美丽的季节，——正随着每一只春鸟的翅膀翩翩飞来，
这就是江南，——祖国的光辉明镜……

迎客松

严　阵

风云变幻的太空啊，电光雷火，日新月异，
潮水啸腾的大海啊，碧澜江涛，前仆后继，
迎客松，你披一身霞光，在高峰屹立，
永远向天涯海角，伸出你友谊的手臂。

在你的展望之中，喜马拉雅，横亘逶迤，
在你的俯视之下，长江黄河，奔腾不息，
你看得见，那山外的青山上，飘扬的红旗，
你望得到，那天外的蓝天上，腾起的虹霓。

你是风暴播下的种子，你在风暴里成长，
你是雷雨灌溉的幼苗，你在雷雨里呼吸，
你在壮丽的红云里，浸浴了多少年代，

你在致命的雷击下，搏斗了多少世纪。

你最先领略日出之前大气的辉煌色彩，
你最早察觉山雨欲来风云的紧密气息，
你的根须，触得到八万里地震的微脉，
你的针叶，瞧得见九千个雷霆的踪迹，

你不似小溪垂柳，微风吹来，全身就颤栗不已，
你不像浅水雨蛙，雨点落下，就发出一片哀泣，
震天动地的大雷雨前，你照样从容挺立，
铺天盖地的暴风雪下，你依然一片苍碧，

大雷雨中，你每个树枝都发出钢铁般的强音，
那声音好像在说：起来，饥寒交迫的奴隶！
暴风雪下，你每片叶子都奏起海涛般的警笛，
那声音好像在说：人民，我永远忠实于你！

你鄙视荞麦花里蜜蜂，追芳逐甜，自鸣得意，

你讨厌月桂叶下蝴蝶，趋炎附势，卖弄小技，
你爱的是扫云外万里光海，迎九霄千钧霹雳！
你喜的是揽头上九天明月，穿脚下万古磐石！

那使茫茫长空，曾经闪闪发光的天体，
在你面前坠落的，叫数学家也难以数计，
它们在浑沌的大气中那昙花一现的身影，
更显示出你的根深叶茂，坚定不移！

那使整个大地，曾经猛烈颤抖的雷霆，
在你面前毁灭的，又何止成万上亿？
它们显赫一时的，耀眼的闪光和轰响，
只能衬托出你的无私无畏，高大无比！

风起云涌，整个世界都在你面前喧腾，
电闪雷鸣，你看到王冠像黄叶一般飘零落地，
当春天到来，杜鹃花的火焰在千山万岭燎原，
你在风暴中播下的种子，又将在岩石上崛起！

雨过天晴，辽阔无边的大地，在你面前闪着彩光，
日暖风柔，万里无云的天空，在你面前竞着艳丽，
在这种时候，你便突然寂静得没有一点声音，
好像已经从这个光明的世界上，悄悄消失……

迎客松啊，你的脚下是千仞高峰，万层石级，
迎客松啊，你的面前是无限风光，无穷诗意，
你永远欢迎朋友们步步登高，时时向上，
你始终鼓舞同志们，继续前进，登峰造极！

远隔千山万水，多少人在你身边留下珍贵足迹，
在你身前留影，已成为多少人终生难忘的记忆，
你经历过多少座火山爆发，多少次大海潮汐，
看到你的英姿，就看到经过暴风雨考验的友谊！

风云变幻的太空啊，电光雷火日新月异，
潮水啸腾的大海啊，碧澜江涛前仆后继，
迎客松啊，你在一片光彩中间，在高峰屹立，
永远向革命朋友，四海兄弟，伸出热情的手臂……

我思念北京

闻　捷

我殷切地思念北京，
像白云眷恋着山岫，清泉向往海洋，
游子梦中依偎在慈母的膝下……
我日日夜夜思念着北京啊！

我思念北京，难道仅仅因为：
知春亭畔吐出了第一缕柳烟？
西苑的牡丹蓦然间绽放妩媚的笑容？
蝉声催醒了钓鱼台清流里的睡莲？
谐趣园的池水绣满斑斓的浮萍？
金秋染红了十八盘上下的枫叶？
陶然亭欣然沉醉于月桂的清芬？
或是傲岸的松柏覆盖了天坛的霜雪？

红梅向白塔透露早春的来临？……

我思念北京，难道仅仅因为：
太和殿凌空翘起了描金的飞檐？
万道霞光倾泻了佛香阁琉璃的伞顶？
九龙壁上的龙尾击出了浪声？
长安街林荫下漫步着幸福的情侣？
红领巾的欢笑装满北海的游艇？
或是花市的绒花丰富了生活的情趣？
厂甸的年礼渲染着春节的气氛？……

我思念北京，难道仅仅因为：
石景山的高炉奔泻着火红的铁水？
八达岭的松枝化作绿色的围屏？
北京站悠扬的钟声催动了待发的列车？
四季青人民公社的收获彩色缤纷？
百货大楼川流着欢愉的顾客？
前门饭店迎送着南来北往的旅人？

或是首都剧场演出了新生活的赞歌?
美术馆会聚了祖国江山的美景?……

我日日夜夜思念着北京……
啊!这千条经线,万条纬线,
织成了我激情的瀑布,心灵的梦境;
但是,我的思想不是飞溅的水花,
清澈的潭水万丈深沉。

我为什么如此地思念北京?
那儿升起了辐射光与热力的恒星!
他庄严的诗句叩开世界人民的心扉,
豪迈地宣布新中国从严峻的战斗里诞生;
三山五岳抬起了刚毅的头颅,
长江大河奔腾着古老民族的欢欣;
浩渺的天宇擂动着雄浑的鼓点,
辽阔的版图更换了一片建设的风景,
那飘起第一面五星红旗的天安门广场,

回荡着中国人民胜利的笑声 ......

我为什么如此地思念北京？
那儿居住着我们祖国的伟大公民！
他骄傲地登上天安门城楼，
检阅人民的力量、捍卫世界和平的大军；
欢腾的广场列队走过骁勇的战士，
三面红旗引导着大步前进的工人和农民，
湛蓝的晴空飞过频频致敬的银燕，
一片彩云托着带有竹哨的鸽群，
历史博物馆那灯火辉煌的大厅内，
铭刻着中国革命战斗的历程……

我为什么如此地思念北京？……
那儿挺立着我们时代的真理士兵！
他以魁梧的身躯阻挡了混浊的逆流，
指点出帝国主义作浪兴波的本性；
拉丁美洲的斗士高举起炽烈的火炬，

亚洲的兄弟驱散了弥漫在眼前的乌云，

非洲的奴隶抚摸着皮鞭烙下的伤疤，

欧罗巴工人兄弟扛着战斗的红旗，

汲取着敢于斗争的力量和信心，

马克思列宁主义战无不胜的革命学说，

在革命的土壤上获得了永生……

啊，北京啊，北京！

中华民族五千年历史的精华，

六亿五千万人民顽强意志的结晶，

阶级的大脑，党的核心，

祖国建设的枢纽，人类和平的后盾，

人民觉醒时代进军旧世界的大纛，

觉醒人民心上的北斗七星……

每当我如此地思念着北京，

我胸中便响彻三支高入云霄的歌声；

一支是“东方红，太阳升……”

一支是“起来，不愿做奴隶的人们……”
一支是“满腔的热血已经沸腾，
要为真理而斗争……”
于是我就会迈开大步，踏着战斗的节奏，
为着北京，为着祖国，为着世界革命，
献出我诗人的歌喉，赤子的心，
一个战士的全部忠诚。

我是如此殷切地思念北京，
像白云眷恋着山岫，清泉向往海洋，
游子梦中依偎在慈母的膝下……
我日日夜夜思念着北京啊！

1963 年

苹果树下

闻 捷

苹果树下那个小伙子，

你不要、不要再唱歌；

姑娘沿着水渠走来了，

年轻的心在胸中跳着。

她的心为什么跳呵？

为什么跳得失去节拍？……

春天，姑娘在果园劳作，

歌声轻轻从她耳边飘过，

枝头的花苞还没有开放，

小伙子就盼望它早结果。

奇怪的念头姑娘不懂得，

她说：别用歌声打扰我。

小伙子夏天在果园度过，
一边劳动一边把姑娘盯着，
果子才结得葡萄那么大，
小伙子就唱着赶快去采摘。
满腔的心思姑娘猜不着，
她说：别像影子一样缠着我。

淡红的果子压弯绿枝，
秋天是一个成熟季节，
姑娘整夜整夜地睡不着，
是不是挂念那树好苹果？
这些事小伙子应该明白，
她说：有句话你怎么不说？

……苹果树下那个小伙子，
你不要、不要再唱歌；
姑娘踏着草坪过来了，
她的笑容里藏着什么？……

说出那句真心的话吧!

种下的爱情已该收获。

1954 年

爱情的故事

张天民

年青的白杨，绿色的长椅，
湖畔上并肩坐着我和你，
我们的双脚埋进青草窝，
我们的影子映在明镜里。

你磨着我讲一个故事，
还指定要关于爱情的，
我猛然想起一对夫妻，
好像和我们差不多年纪。

他们的身边也有一排白杨，
可是白杨树上缠着铁蒺藜，
他们也坐过一条长椅，

是老虎凳，啊，斑斑血迹！

他们脚下没有青草悉索，
只有那铁镣在沉重地叹息，
他们把爱人无邪的眼睛，
当作能照见心灵的镜子。

他们的情话是“同志，坚持！”
他们的誓言是“不屈，胜利！”
放风的时候远远一望，
把万千情意彼此赠与。

就在他们第一个孩子降生时，
丈夫被拖到荒郊野地，
婴儿的呐喊是生命的破晓鸡啼，
“共产党万岁”的呼叫响彻在金鸡声里！

婴儿周年生日是母亲的刑期，

临行前夜她把血书缝在婴儿的衣襟里，
地下党的同志拆开血书，
闪烁光芒的是坚贞的意志！

有了他们的生死别离，
幸福和青春才有权并肩坐这长椅！
如果建设需要我爬冰卧雪，
分离那天让我们想想过去！

1961 年

给志愿垦荒队

——欢送支边垦荒的昆明青年

周良沛

夜半，狂风疯狂地摇撼窗户，

满楼啊，雨雨风风，

我啊，怎能不想起你明日的路途。

也许，明夜你将睡在另一个山头，

星天下，想起我和你的朋友；

也许，地生路生，摸不到驿站，

你就不停步地迎着雨迎着风。

我知道，不说什么你也会勇敢地前去，

可是，我仍然要为你祝福！

有次战斗，我曾到过你将踏上的荒土，

就地抓起杂草，燃起了篝火、灶烟，

悄悄转移，夜色茫茫，还不见它的真面目，

可是，它却深深地震动到心灵深处！
篝火边，我们庄稼汉的手，
习惯地抓把那里的泥土——
哎，肥沃的土地怎么经得起荒芜！
以后，我还不知道有什么人走过那里，
只听说有人从那里踏出了一条小路。
可是，真正带给它生命的，
却是你豪迈的脚步！

一排新盖的草棚，
行行垫草的地铺，
溪前，洗衣、淘米，
门前是拗断把的斧锄。
近乎古风的俭朴，
又是浪漫主义的画图——
银锄震醒古老沉睡的土地，
烧草、砍树，烈火熊熊，
奇鸟、野兽惊飞蹿奔，

你们围着火唱歌、跳舞。
山岭的炊烟，荒地的鸡鸣，
窗下，正是东山日出。
犁沟深处，播下的种子，
在汗水里和你一道欢欣、惊梦！

顽石险峰，万千险阻，
一锤一钎，炮药齐轰；
茅草串根，庄稼的毒瘤，
一锄一锄，根草不留。
锄把笔直笔直，
向荒山开战永不弯腰；
锄落，炮轰，山摇地动，
移山的壮志，不休地进攻！

大地，于是每日生育千百次，
茁长着咖啡、可可、菠萝、三叶树，
英雄树的红花像晚霞烧红天空，

硕果，多汁的乳房垂在各处，
如元宵五颜六色的灯笼！

生活开始了，诗篇就这么写就，
平凡的事物，又包含多少深刻的故事！
你可记得那些早上，那些晚上，
你想着这些事，眉宇不舒？
你可记得那些早上，那些晚上，
你想怎样用自己的心写下决心书？
你说着，你讲着，你笑着，
迎着早上的太阳站在报名处，
说着自己的愿望，讲着自己的未来，
心底的秘密，也羞怯地袒露。
未婚的孩子，你想得多好啊，
还想到我们子孙的事！

每句话都给你这么一个问号，
你考虑好了吗？你准备好了吗？

即使问一万句，你也只有一个回答：

我考虑好了！我准备好了！

于是无比激动地写下自己的名字，

也许写下自己的乳名“小三”或“王五”，

而我看到的，只是“走向生活”四个字。

我啊，我要替你大声地宣布，

宣布那边此时还没人烟的村名，

即使那里还没有机器、房屋，

可是我见你心里的火花，

已闪出未来的建筑。

当你走向那片荒土，

我用耳朵贴在地面，

远处传来破土的笑声，

像诗韵在淙淙地流。

1955 年 11 月

寄向远方的诗笺

江锡铨

夜空中掠过行行雁影，

明月旁飘过朵朵白云。

灯下，我正给远方的战友写信，

笔尖沙沙，追赶着云朵、雁群……

此时，塔里木的狂风，

窒息在兵团的哪一排丛林？

此刻，兴安岭的飞雪，

扑打着多少扇崭新的窗门？

此时，西双版纳的密林中，

增添了多少盏闪亮的胶灯？

此刻，茅屋、竹楼、窑洞的明灯下，

端坐着多少手捧宝书的年轻人？……

这些憧憬，
引我翻遍多少册地理课本……
教室的地图前响起过多少次心声合唱：
“祖国呵，我们——何时出征？”

五年前，这难忘的一天终于来到，
红色电波，传来中南海的战斗号令。
广场上集结起我们年轻的队伍，
乘时代列车，奔赴边疆、农村……

当我们在沸腾的车站依依握别，
当我们怀着深情，细读远方来信……
仅仅是在叙谈同学十年的厚谊？
不，我们是在讨论“大学”的课程——

当我在淮北的沃土里扎下新犁，

第一次给丰产田耕耘，
你正驾着铁牛叱退寒风，
掀开松嫩平原黝黑的衣襟；

当我在平原的怀抱里甩开长鞭，
第一次给新改的稻田运粪，
你正头顶云贵高原的烈日，
把红河激浪引进干渴的园林；

当我吃完第一顿忆苦饭，
把仇恨的种子深种在心，
哈萨克老阿爸正坐在你的床头，
讲述着昔日漫天的沙尘；

当我讲完第一个自编的故事，
送来一片热情的掌声，
你正在连队文艺晚会上引吭高歌，
伴奏的小伙子吹着芦笙……

屋后，塞外的葵花在向阳怒放，
窗前，兴安岭的青松在沐雨扎根。
我在信封里装一把金色的谷粒，
让边疆也闻到淮北的芳馨……

忽然，我想起刚刚收听的天气预报：
西伯利亚的寒流会带来阴风降温！
我想起兵团战友正在抢收抢种，
我想起新牧民在驱策着白云般的羊群……

我想起还有卑鄙的蛀虫，
在悄悄钻进幼树的根茎；
我想起还有蠢动的蝼蚁，
在我们双手筑起的长堤下挖穴潜行……

我想起茫茫戈壁荒原，
还有多少良田等待我们开垦；
我想起千里淮北大地，

还有多少盐碱地等待我们平整……

写上了，全都写上了，

写在雁群的翅膀，写在白云的巅顶。

最后一句，该怎样与战友共勉？

让我说：革命，正给我们开创新的课程！

……

心　愿

严　辰

你问我有什么心愿，

我的心愿十分平凡：

但愿我小小的脚印，

能踏遍祖国美丽的河山。

在我褪色的工作服上，

溅满了官厅湖的浪花，

在我磨穿的鞋底，

还沾着拉萨河谷的泥巴。

我蓬松的头发里，

带有新安江野花的芳香，

我的明亮的眸子，

照出了三门峡的险峻雄壮。

如今，黑龙江的冰雪，
又给我一次新的考验，
奔忙在祖国的千山万水，
我永远不会感到厌倦。

我还想拨开三峡的云雾，
教神女向人间低头，
我要踏破昆仑山脉，
把长江的水借给黄河。

让狂风暴雨奏起乐章，
让飞禽走兽在面前跳舞，
我要竭尽我的一生，
为无数的水电站开路。

堤坝从河底升起，

平静的湖面一片汪洋，
也许我来不及全部看到，
我的心却时刻留在它们的身旁。

我仿佛望着万吨轮船，
在碧清的江河上远航，
我随着电流走到车间，
指挥机器宏亮地歌唱。

我在农村姑娘身边，
细心地看守着电磨，
我和边疆的老猎人在一起，
在电灯下收听首都的广播。

就是为了这些——
为了生活的光明和幸福，
即使脚底磨烂了，
我决不退缩，决不叫苦。

你问我有什么心愿，

我的心愿这样平凡，

但愿我小小的脚印，

能踏遍祖国美丽的河山！

1958 年

建筑工人的家

钱炳麟

邮递员第一次送信到工地，
满面挂着晶莹的汗花，
跨下自行车就说话：
“多难找呀，建筑工人的家。”

我连忙说声：“同志辛苦啦！”
打开话匣就拉起呱：

“建筑工人的住址，
从来没有门牌，
建筑工人临时的房子，
也很少用砖瓦。

“建筑工人的面前，
小径开满了野花；
建筑工人的身后，
汽车高扬着喇叭。

“我们把城市的繁华，
搬到了沉睡的荒野，
我们简陋的草棚，
孕育出了高楼大厦！

“每当我们盖起的新房，
标上了门牌的时候；
每当我们修起的大道，
设立了公共汽车站的时候；

“每当新房的主人们，
从窗口扬出满意的欢笑的时候；
每当我们的户籍警，

第一次来工人新村访问的时候；

“每当我们亲手种植的花木，
绽出了鲜花的时候；
我们又背起行囊，
奔赴那新的地方去安家……

“我们播种着生活的鲜花，
艰苦的生活里充满欢快，
我们今天走的无名小道，
明年你就能在地图上找到它……”

邮递员听得笑哈哈，
怕误了时间赶快上了“马”，
连声说：“建筑工人多有意义呀！”
笑声、赞美声飘上脚手架……

1959 年

望中原

——读友人来信

臧克家

放下又拾起的
是你的信件，
拾起放不下的
是我的忆念。

那些稔熟的城市和镇店，
我们曾比翼穿过战烟，
一想到这些名字心就温暖，
同时胸口上压一座大山：

山地人民身上生长毛，
春风里树木光秃着枝条，
一个个“路倒”点缀着春天，

一只黑手把生活拉回了几千年。

江水呵，日夜呜咽，
人民呵，困苦颠连！
山城在水光里投影，
多么美丽呀多么惨！

你这些记忆的黑丝，
不要再纠缠！
一个三寸的信封，
给我装来了壮丽的新河山：

马蹄踏出火星的石板路，
漆上了柏油又亮又宽；
机器的轰隆声他听不惯，
“罗汉寺”的罗汉归了西天。

吃过山东葱油饼的小铺，

成了公社的食堂：
那些治山治水的英雄，
说不定当年就碰过面……

新的生活，新的江山，
新的情景，新的春天。
东风吹动着你的鬓丝，
壮志却胜过二十年前！

你的壮语像诗篇，
呼风唤雨赛过神仙；
你的大笔真如椽，
壮丽的画图挂天边。

读了诗句我心气盛，
仰天吐气变云烟；
两道目光像长虹，
看了画图眼发明！

穷山瘦土几百里，
一朝全部沉海底！
撑天名山黄金顶，
投到湖里照个影！

身在北京望中原，
几时大坝上肩并肩？
旧日穷苦冲洗净，
水波禾稼碧连天。

1961 年 2 月 26 日

当年，一个夜晚……

丁庆友

假若历史真的是一条长河，
回忆，就该张开五彩的风帆，
溯流而上，溯流而上……
捞起当年一个透明的夜晚！

是的，就是这个夜晚啊！
星还是那么亮，月还是那么圆；
你来了，就像回家一样，
一脚迈进咱这柴门土院！

油灯拨亮了，
你讲述着，怎样减租，怎样分田；
一荷包烟，你吸一袋，我吸一袋，

香喷喷，咱们脸对着脸……

晚饭端上来了，
你讲述着未来的“康拜因”、水电站……
菜糊糊，你喝一碗，我喝一碗，
一条凳上，咱们肩靠着肩……

土炕上，咱们是抵足而睡，
一条破被，你盖半边，我盖半边，
你的梦中，有着我的梦，
我的鼾声中，有着你的鼾声……

是的，这就是当年的那个夜晚，
今天，从历史的长河里又捞起来了，
星，还是那样的亮，
月，还是那样的圆！

咱是心碰过心的人啊！

地北天南，也该是心心相连，

那么，还是按照当年的规矩吧：

把这透明的夜，

分我一半，分你一半……

柴达木小唱

李　季

辽阔的戈壁望不到边，
云彩里悬挂着昆仑山。
镶着银边的尕斯湖啊，
湖水中映照着宝蓝的天。

　　这样美妙的地方哪里有啊，
　　我们的柴达木就像画一般。

黄河长江发源在昆仑，
柴达木井架密如林。
油苗遍地似春草，
风吹原油遍地香喷喷。

　　这样富饶的地方哪里有啊，
　　我们的柴达木是个聚宝盆。

工业化的祖国要血液，
无数的飞机汽车要食粮；
愿把青春献给祖国的年轻人啊，
柴达木正是大显身手的好战场。

　　这样理想的地方哪里有啊，
　　柴达木是我们光荣的家乡。

1954 年

风　沙

阮章竞

天，一片昏昏黄黄，
风，像黄河的浊浪。
刚才还是万里无云，
转眼变成天地无光。

两三步之外，
看不见人影。
沙子钻进牙床，
尘土迷住眼睛。

卡车拼命地响着喇叭，
在黄风阵里寻找方向；
失掉光亮的两只大灯，

像泡在浓茶里的蛋黄。

这风沙称王称霸的世界，
就是我们黄金不换的地方。
我们要像抖净床单一样，
把这整天风沙倒进海洋！

天地，分不出来，
颜色，分不出来；
只有从人的眼睛和牙齿，
才能看见白色的光彩。

饭堂像盖在黄河水底，
火炉不发热，空气全是泥。
白米饭蒙着层黄粉，
不是肉末而是沙子。

不要怨天怨地皱眉头，

拿出今天人的本事：

把万古荒凉和风沙，

嚼烂在我们的嘴里！

明天吐还它一个泥团，

捏出一个叫人眼红的，

洁白干净没有风沙的，

万紫千红的钢铁城市。

1957年1月30日

到远方去

邵燕祥

收拾停当我的行装，
马上要登程去远方。
心爱的同志送我，
告别天安门广场。

在我将去的铁路线上，
还没有铁路的影子。
在我将去的矿井，
还只是一片荒凉。

但是没有的都将会有，
美好的希望都不会落空。
在遥远的荒山僻壤，

将要涌起建设的喧声。

那声音将要传到北京，
跟这里的声音呼应。
广场上英雄碑正在兴建啊，
琢打石块，像清脆的鸟鸣。

心爱的同志，你想起了什么？
哦，你想起了刘胡兰。
如果刘胡兰活到今天，
她跟你正是同年。

你要唱她没唱完的歌，
你要走她没走完的路程。
我爱的正是你的雄心，
虽然我也爱你的童心。

让人们把我们叫做

母亲的最好的儿女，
在英雄辈出的祖国，
我们是年轻的接力人。

我们惯于踏上征途，
就像骑兵跨上征鞍，
青年团员走在长征的路上，
几千里路程算得什么遥远。

我将在河西走廊送走除夕，
我将在戈壁荒滩迎来新年，
不管什么时候，只要想起你，
就更要把艰巨的任务担在双肩。

记住，我们要坚守誓言：
谁也不许落后于时间！
那时我们在北京重逢，
或者在远方的工地再见！

北海桥上

邹荻帆

站在北海桥上，
一片乳白色的月光，
橙色的灯火在树荫掩映，
好像流金闪在沙上。

披上了轻纱呵，
那水边的白杨垂柳；
白塔和飞鸽的剪影，
贴在蓝色的纸上。

颤动的水波呀，
你把那眼睛般的小舟荡漾，
它一只只望着月亮，

年轻人正互诉情肠……

银色的小路呀，

你流入树荫，引上林岗，

让朋友们细声谈话

像小夜曲低唱……

北海的星光，

连着中南海的灯光，

好像水底长了一株连枝树，

水面结成了一张珍珠网。

鞍山行

公　木

我把组织部的介绍信揣在内衣的口袋里，
像一只巨大的手捂住我突突跳的心口。
肃肃然走出东北局大楼长长的走廊，
我看见门岗同志黑色的眼睛里闪着油光。

太阳从密排的街树梢上探过头，
满脸淌着大汗向我热烈地招手。
花花绿绿喜气洋洋的拥挤的人群，
踏着大秧歌的舞步迎面走来。

汽车低吼，电车高鸣，马拉车发出辚辚的声响，
还有那铿锵地敲着铜锣的颜色鲜艳的货摊，
以及嘈杂的叫贩和音调清脆柔和的卖花女郎，

为我欢乐地合奏一阕祝贺的乐章。

是的，螺丝钉！——无论摆在什么部位，
都一定镟得紧紧的，牢固、坚实。
运转着的整部机器发出呼隆呼隆的声音，
都将给它以震荡，并引起金属的回应。

但是，我仍然这样兴奋，这样激动——
当我修满了两头沉和皮转椅的苦功，
当我结束了黑砚池和蓝墨水的航行，
当我绕出了以黑板和书橱砌成的无尽长的胡同。

啊，我沿着宽广的大街行进，
瞪起眼睛望着前方，
像一个第一次走近校门的刚满学龄的儿童，
像一个驰赴婚宴的年轻的新郎。……

是谁嘘着温暖的气息低唱在我的耳根：

快些再快些！迈开五尺长的阔步，
奔向前去啊，以你的全部爱情和忠诚！
在那里，火热的心和钢铁正一齐沸腾。

面对任何困难，挽起袖子来！
锤炼，才能发出声音和光彩。
而你，也将像钢铁一样灼热，
而你，也将像钢铁一样鲜红。

挥起十丈长的铁扫帚，
扫掉那一层层的结在记忆中的蜘蛛网，
连同那些粘在网上的发霉的尘土，
都彻底打扫净光！

那些由于自私而变矮的人形，
那些由于忌妒而歪斜的眼睛，
那些由于猜疑和作伪而患梦游症的灵魂……
像泼掉一盆泛着肥皂沫的洗脸水，滚它们的吧！

你理应骄傲，而且感到幸福，
因为你生长在毛泽东的太阳普照的国度。
当人民的理想已经化作彩霞从东方升起，
降落在花枝和草叶上的夜霜哪能不消融？

头上洒满阳光，高高挺起前胸，
我听着这亲切的低唱伴着那祝贺的乐章。
这歌声越唱越嘹亮，越唱越激昂，
最后它变成一阵飓风把我卷上天空。

我脚下像踏着厚厚的厚厚的浮云，
我的心口突突地突突地跳着。
我伸手插进内衣的口袋里，摸了又摸
那被胸脯熨得发烫的组织部的介绍信。

1951 年 10 月

在云彩上面

雁　翼

我们的工地，在云彩中间，
我们的帐篷，就搭在云彩上面，
上工的时候，我们腾云而下，
下工的时候，我们驾云上天。

白天，我们和云雀一起歌唱，
画眉鸟也从云下飞上山巅；
夜里，我们和星斗一起谈笑，
逗引得月亮也投来笑颜。

当我们过节的时候，
在云上演剧，跳舞；
当我们开庆祝会的时候，

摘下朵朵云霞，挂在英雄的胸前。

当我们饿了的时候，
砍下云上的松枝烧饭；
当我们口渴的时候，
就痛饮云上的清泉。

当炎热的季节到来，
云上的松树给我们撑伞，
当寒冷的冬季来临，
我们砍下云上的松枝，把篝火点燃。

篝火的青烟升入高空，
带着我们的欢笑飞过群山，
它告诉我们亲爱的祖国，
你的儿女战斗在云彩上面。

1955 年 1 月 29 日

月亮里的声音

梁上泉

你的胸怀竟如此宽广，
抱住了一个圆圆的月亮；
你的长裙拖着红霞，
从凉山飞到北京的舞台上。

听着月亮里的声音，
几疑是天上的嫦娥下降；
你用琴弦跟听众谈心，
又分明是个彝族姑娘。

月亮里只有个广寒宫，
月琴里却有你整个家乡；
通过你会说话的手指，

把我引到你放羊的远方。

一曲倾诉着奴隶的苦难，
像山顶郁结着不化的银霜，
森严的寨堡里有娃子在呼号，
一滴热泪燃起一星火光。

一曲庆祝奴隶的解放，
两弦间就是一条欢腾的金沙江，
雪白的荞花开在两岸，
牧人的舞影跃入水中央。

最后一曲献给山区的未来，
弹得星星落在孩子的书桌上，
惊喜地望着那美丽的现实，
一半像神话，一半像幻想……

掌声的急雨把我催回剧场，

幕布的紫云把你深深掩藏；

归来的路上琴音还很明朗，

正像这深夜里满街的月光。

1957 年 3 月

延河照样流

戈壁舟

离别延河久，

延河照样流，

流入黄河流入海，

千年万年永不休。

永不休啊爱延河，

从前延河尽是歌。

多少战马在此饮，

多少战士从此过，

多少英雄杀敌回，

钝了的战刀延水磨。

延河流入黄河里，

如今歌声遍全国。

谁说延河浑？

延河水，洗风尘；

毛主席住过延河边，

延河的水可清心。

吃过十年延河水，

走尽天下不忘本。

趟过千遍延河水，

一辈子埋头为革命。

谁说延河小？

延河大无边。

大无边、海相连，

狂风暴雨驶来船，

黑夜不怕风和浪，

万丈灯塔照得远。

请看革命航线上，

毛主席亲自来指点。

谁说延河没春天？
延安是个大花园。
你看老年人的心，
你看年轻人的脸，
想想那时边区外，
茫茫黑夜是深渊。
太阳是从延河升，
全国春风才吹遍。

离别延河久，
延河照样流。
革命洪流流向前，
不到头来永不休。

1953 年 2 月 23 日夜

乡　音

李学鳌

谁说乡音不好听？

发音如飞泉，

喷喷出石门！

谁说乡音不好听？

落音如铁锤，

重重击岩层！

啊，家乡音，家乡音，

多少年呀梦中听。

千只金鸟鸣银山，

怎比乡音一字亲！

万把丝竹歌一曲，

怎比乡音语半声！

当年我出生在山村，

乡音最先将我迎——

乡音喜我来人间，

乡音给我起乳名，

乡音唤我吃娘奶，

我学乡音叫母亲，

乡音教我迈步走，

乡音催我快成人。

乡音好像雄鸡鸣，

声声高唱东方红。

这山上喊，

那山上应，

西北上唤来军号声。

从此乡音变新调，

一声更比一声紧！

一声更比一声紧，

声声都喊“快出征！”
母亲灯下缝戎装，
乡音滔滔细叮咛，
一个针脚一句话，
千针万针密密缝！

密密缝，话不停，
油灯未熄窗纸明。
母亲相送柳树下，
乡音如火点青春——
乡音里
男儿飞步跨征鞍，
马蹄如雨踏青峰！
乡音里
背枪挥刀走天下，
山南海北留脚印……

啊，家乡声呀家乡音，

千句万句我爱听——

乡音里

我听得见羊角吹，

核桃树下正练兵！

乡音里

我听得见土枪响，

炮楼上鬼子吓断魂！

乡音里

我听得见纺车转，

军鞋结实军衣新！

乡音里

我听得见连耞舞，

袋袋公粮列成阵！

乡音里

我听得见雪雨山洪齐暴发，

滚石飞浪喊前进！

啊，家乡声呀家乡音，

千句万句动我心；

乡音里有个老战友，

日日夜夜紧相跟；

乡音里有个老母亲，

心红、发白、骨头硬；

乡音里有个太行山，

羊肥、马壮、果满林！

1962 年

骑马挎枪走天下

张永枚

骑马挎枪走天下，

祖国到处是我的家。

我曾在大巴山上种庄稼，

我曾风雨推船下三峡，

蜀山蜀水把我养大，

蜀山蜀水是我的家。

为求解放把仗打，

毛主席引我们到长白山下。

地冻三尺不愁冷，

北方的妈妈送我棉衣和靰鞡；

百里行军不愁吃，

大嫂为我煮饭又烧茶；

生了病，挂了花，

北方的兄弟为我抬担架。

骑马挎枪走天下，

走到北方啊，

北方就是我的家。

我们到珠江边上把营扎，

推船的大哥为我饮战马，

小姑娘为我采荔枝，

阿嫂沏出茉莉茶，

东村西庄留我住，

天天道不完知心话。

骑马挎枪走天下，

走到南方啊，

南方就是我的家。

祖国到处有妈妈的爱，

到处有家乡的山水家乡的花，

东南西北千万里，

五湖四海是一家。

我为祖国走天下，

祖国到处是我的家。

1956 年

重返杨柳村

陆棨

重返杨柳村，
心要蹦出怀，
十二年啊，
十二年后我又来！
小河边
杨柳已成排。

当年来土改，
杨柳还未栽；
小河十里无遮盖，
清水照着穷山崖，
仇恨的种子啊，
还在心底深深埋！

进村就懂恨和爱，
高楼关门轧轧响，
好像咬牙又切齿，
要想推我出村外！
不理睬！扎下来，
座座茅屋为我开：

野菜分我吃，
破絮合我盖；
茅屋并肩心连串，
苦水下河浪花开！
今日柳荫中，
当年斗争台。

诉苦会上落过泪，
洗得一双眼，
雪亮少尘埃；
踏过杨柳村中土，

再穿风里浪，

脚步不会歪！

脚不歪，向前迈，

幸福大道并肩开！

当年一把焚契火，

化出万杆红旗来——

烧掉千年穷与苦，

靠的大伙万把柴！

十二年啊十二载，

离你好似离娘怀，

是你教我脚站稳，

是你把我眼拨开！

红根扎在村子里，

临别插下柳一排！

柳成荫，我又来，

十二年好似未分开，

懂得了恨，懂得了爱，

只要敌人还存在，

永作村中一棵柳，

风里浪里长成材！

老房东

陆 棨

满村杨柳卷急风，
开门雨蒙蒙；
夜是漆般黑啊，
云如墨样浓；
主人牵衣正留我，
为什么，忽然里，
又把留客的手儿松？

主人怎能不松手啊，
远处游来一点红，
绕出竹林角，
飘过小桥东；
我一头扑进风雨里，

奔向红光步不停，
心呀响咚咚！

我的夏二娘啊，
我的老房东！
风里雨里又相逢。
新添的白发竹笠掩，
老样的微笑火照红；
深夜里急着要看我，
高高挑起旧灯笼。

旧灯笼，老房东，
身边还是雨和风，
多像当年来土改啊，
不管在坝里，
不论在山中，
风雨黑夜开完会，
出门总会见灯笼！

风里她揣来热红薯，
雨里她带来旧斗篷。
接回家中灯不灭，
床边再把破衣缝；
几次梦醒催她睡，
含笑不言语，
又送茶一盅。

手捧热茶心也暖，
喝下热茶劲填胸；
心中常揣二娘影，
搞工作，不觉累，
斗地主，势更猛；
牢牢记住二娘的话，
紧紧靠近穷弟兄！

别时怕惹二娘泪，
谁知满脸是笑容：

“二娘难舍也要舍啊，
天还只有半边红！”
说完连夜把我送，
两眼久久望着我，
也是挑起这灯笼……

今夜二娘又望我，
红灯照得我热汗涌；
不是望我胖和瘦啊，
是问我心还红不红！
是在问我和穷兄弟，
一十二年来，
靠得拢不拢？

半天无语望房东：
身上还是旧夹袄，
手上又添茧几重……
只觉劲从心上起，

用手接过旧灯笼，

一辈子跟你靠着走啊，

风里雨里永远红！

豆油灯的思念

苗得雨

一盏豆油灯，
闪光在记忆中。
当年，人们叫它“夜夜红”，
多美呀，革命年代家乡的夜景。

它和家乡一样古老，
又和家乡一般年轻。
当农会办公处第一次点起油灯，
像磁石，吸引了多少双眼睛。

当这盏油灯又在广场上照耀，
天地间，一片通红。
灯啊，照耀在穷人翻身的日子里，

灯光下，多少人喜泪盈盈。

从那时，它一直在家乡闪光，
像一盆花儿开放在每个人心中。
家乡的一切，金光灿灿，
战斗的村庄，通夜荡漾着欢腾。

大街上，欢送青年出征，
村头上，打发民工登程；
灯光前，多少威武的身影闪过，
灯光中，枪上如火的红缨在抖动。

提着它，引战士蹚河涉水，
端着它，领支前车辆翻山越岭。
挂在野外高处啊，
挥舞起长鞭，把田地深耕。

一盏油灯，也亮在每个家庭，

在桌案上，在领袖像下，
在每一个不眠之夜，
解放区家家灯火明。

灯光下，多少姐和妹，
穿针引线把军衣缝；
多少纺线车儿转呀转，
车轮上，旋转着我的读报声……

告别了油灯多少年，
多少年，它又像没离开我一分钟。
它的光亮，看去只有红枣般大，
在我的心内啊，与太阳相映，万年通明！

1963 年

大别山灯火

时红军

大别山的灯火哟，烂漫的花丛！
你把这千里山川装点得五彩缤纷——

当最后一缕晚霞在夜色中消溶，
你就像九重天外纷纷闪亮的繁星。
挂满了层峦叠嶂，新竹古树；
撒遍了远山近岭，老村新城！

盘山路上，灯火镶嵌出闪光的长练；
河渠网里，流星飞织着七彩的霓虹。
输电线啊——大别山沸腾的脉管，
把无穷的热力与光明向远方传送！

远征的舟舸哟，如银座强渡星汉；
进山的车队哟，似火龙盘旋升腾！
探照灯飞速地变换方位，移动镜头，
尽情拍摄着田间地头微笑的面容！

啊！大别山，我爱你岁岁杜鹃先辈血，
更爱你这火树银花燃烧的豪情！
一盏灯火哟，一场难忘的斗争，
赋予大别山永恒的青春年青的生命……

大别山的灯火哟，历史的眼睛！
你看见我们怎样为这山山水水改妆换容——

多少雷雨交加的夜晚，山洪暴洗的黎明，
我们拄一根竹竿提一盏马灯，溯流追踪。
莽岭丛峦中那纷乱如麻的水系，
被我们一条一条彻底理清！

百条山川，篝火如网，拉开出击线；
千里淮河，灯似流星，集一代雄兵！
灯挑崖头，搭起挂帅悬印的指挥所；
灯汇峡谷，扎下征天伐地的英雄营！

灯火中，挑来截流填冲的万方泥土，
灯火中，推走淤床堵道的千尺沙层！
灯火中，撬开喷泉吐瀑的龙咽虎口，
灯火中，炸通阻云挡风的崇山峻岭！

灯火中，河床金镶玉砌，渠道经纬纵横；
灯火中，登山扛起渡槽，下涧立起坝城！
把世代夙愿投进一个个深潭幽谷啊，
化作大别山灯火的不竭热源，万代长明……

啊！切莫陶醉这灯火美景忘记征程！
大别山灯火用深情的目光向我大声叮咛。

1977 年 9 月

祖国，我回来了

未　央

车过鸭绿江，

好像飞一样。

祖国，我回来了，

祖国，我的亲娘！

我看见你正在

向你远离膝下的儿子招手。

车过鸭绿江，

好像飞一样；

但还是不够快呀！

我的车呀！

你为什么这么慢？

一点也不懂得

儿女的心肠！

车过鸭绿江，
江东江西不一样，
不是两岸的
　　土地不一样肥沃秀丽，
不是两岸的
　　人民不一样勤劳善良。

我是说：
江东岸——
鲜血浴着弹片；
江西岸——
密密层层秫秸堆，
家家户户谷满仓。
我是说：
江东岸的人民，
白天住着黑夜一样的地下室；

江西岸的市街，

夜晚像白天一样亮堂！

祖国呀，

一提江东岸，

我的心又回到了朝鲜前方。

车过鸭绿江，

同车的人对我讲：

“好好儿看看祖国吧，同志！

看一看这些新修的工厂。”

一九五三年

是我们五年计划的头一个春天——

春天是竹笋拔尖的季节，

我们工厂的烟囱

要像春天的竹笋一样！

老人们都说：

孩儿不离娘。

祖国呀，

在前线

我真想念你！

但我记住一支苏维埃的歌：

“假如母亲问我去哪里，

去做什么事情，

我说，我要为祖国而战斗，

保卫你呀，亲爱的母亲！……”

在坑道里，

我哼着它，

就像回到了你的身旁，

在作战中，

我哼着它，

就勇敢无双！

车过鸭绿江，

好像飞一样。

祖国，我回来了，

祖国，我的亲娘！

但当我的欢喜的眼泪

滴在你怀里的时候，

我的心儿

却又飞到了朝鲜前方！

1953 年 2 月

写封信给妈妈

苏圻雄

成群的海燕在蓝天飞翔，
海上闪烁着万朵浪花。
椰子树挥舞着绿色的手，
渔家女的歌声飞进彩霞。
我坐在木棉树下，
火样的鲜花染红了脸颊。
白纸上铺满了阳光，
我隔海写信寄给遥远的妈妈。
我的心啊！
像无边无际的海浪，
激荡着说不尽的知心话。
亲爱的妈妈：
你来信问我想不想家，

这可叫我怎么回答？

我爱故乡的山山水水，

感激你辛勤抚养我长大，

秀丽如画的故乡啊，

慈祥可爱的妈妈，

我时刻都把你们惦挂。

四年前，

我刚来到这“海角天涯”，

连队的生活那么紧张，

我的心总有点安不下，

那时我多么想回到可爱的家。

多少个早晨和黄昏，

我坐在木棉树下，

呆呆地望着天边的云霞。

指导员看透了我的心事，

一天夜晚找我去谈话。

他那恳切的话语啊，

像一支支照路的火把：
“人民坐天下，
有国才有家，
如果没有铜墙铁壁的海防，
豺狼又会爬进咱们的家。”
这些话，引起我童年的仇恨，
怒火填胸心欲炸。
妈妈啊！
你为抚养我长大，
尝尽了人间的辛酸苦辣，
地主家里当杂工，
血一把来汗一把，
吃尽世上黄连苦，
辛酸的泪水把我喂大。
我六岁当了放羊娃，
风里雪里满山爬，
有天跑了一只羊，
地主的皮鞭像毒蛇，

抽烂了我的单衣褂。

我浑身皮开肉绽，

鲜血染红山茶花。

妈妈呀，你紧紧地抱住我，

痛哭失声泪如麻……

全靠党和毛主席，

救出了我们和千万户人家，

多亏人民解放军，

把万恶的三大敌人全打垮。

我戴上了红领巾，

在甜水中日日长大；

我穿上了绿军装，

昂首挺胸站在军旗下。

祖国给我这支枪，

叫我保国又保家。

眼望万里海面的浪花，

就像看守故乡公社的庄稼。

当我听到故乡的丰收喜讯，

我的心就插上翅膀，

飞向那欢乐的山洼。

我爱故乡的红花、绿树，

但更爱海防线上的叠翠、飞霞；

我爱故乡的晨雾、炊烟，

但更爱这岛上的椰林、浪花。

连队——革命的大家庭，

容得下千山万水，

也能把五湖四海装下。

亲爱的妈妈，

叫我怎能不爱它。

海边练刺杀，

浪尖来打靶，

老兵们一颗红心带新兵，

头顶烈日作示范，

汗水滚滚如雨下。

深更半夜海风大，

连长给我披棉衣，

生怕我站岗手冻麻。

有次我病倒在床上，

朦朦胧胧做了一个梦，

梦见你坐在我床边，

用手抚摸着我头发。

我乐得笑了起来，

紧拉你的手叫“妈妈”。

睁眼一看，原来是指导员，

我激动得说不出半句话，

眼眶里闪烁着泪花……

连队啊，

革命的学校，战士的家，

它使我懂得了

什么是革命的人生；

我决心为世上受苦人，

忠心耿耿守“天涯”。

亲爱的妈妈，

你问我想不想家，

这可叫我怎么回答？

我是在庄稼地里长大，

最爱金黄的稻浪，银白的棉花。

我知道家乡的历史，

我懂得种田人心中的话。

妈妈，你不是说过吗？

爷爷在世的时候，

每当收完地里的庄稼，

就会遭到地主的逼债毒打。

临死前，还要爸爸仔细看看，

他身上一块一块的伤疤。

妈妈，你还常常给我讲起，

爸爸为了保卫故乡的庄稼，

跟着共产党闹革命，

用地雷、土炮、红缨枪，

把敌人的碉堡攻下。

只因过去我们没有枪杆子，

才祖祖辈辈当牛马。

枪杆子是人民的命根子，

叫我怎能放下它！

妈妈，你看看世界吧，

帝国主义正张牙舞爪，

制订一个个侵略计划；

蒋匪帮垂死挣扎，

狗特务一批批往大陆爬。

妈妈，再仔细看看周围吧，

牛鬼蛇神并没有睡觉，

那地主还把褪色的田契，

牢牢藏在箱子下，

盼望着有朝一日变天翻把。

妈妈！这叫我

怎能把枪放下，

怎能把枪放下！

亲爱的妈妈，

你一定会明白儿子的话，

为了祖国花更美，

我要献出宝贵的青春，

让它放射出英雄的火花；

我愿披风雨，浴烈日，

自豪地站在木棉树下，

永远守卫着祖国的“海角天涯”。

1953 年 2 月

祖国啊，我亲爱的祖国

舒　婷

我是你河边上破旧的老水车，

数百年来纺着疲惫的歌；

我是你额上熏黑的矿灯，

照你在历史的隧洞里蜗行摸索；

我是干瘪的稻穗，

是失修的路基；

是淤滩上的驳船

把纤绳深深

　　勒进你的肩膊；

——祖国呵！

我是贫困，

我是悲哀。

我是你祖祖辈辈
　　痛苦的希望呵，
是“飞天”袖间
千百年未落到地面的花朵；
——祖国呵！

我是你簇新的理想
刚从神话的蛛网里挣脱；
我是你雪被下古莲的胚芽；
我是你挂着眼泪的笑涡；
我是新刷出的雪白的起跑线；
是绯红的黎明
　　正在喷薄；
——祖国呵！

我是你的十亿分之一，
是你九百六十万平方公里的总和；
你以伤痕累累的乳房

喂养了

迷惘的我、深思的我、沸腾的我；

那就从我的血肉之躯上

去取得

你的富饶、你的荣光、你的自由；

——祖国呵，

我亲爱的祖国！

1979 年 4 月

致橡树

舒　婷

我如果爱你——

绝不像攀援的凌霄花，

借你的高枝炫耀自己；

我如果爱你——

绝不学痴情的鸟儿，

为绿荫重复单调的歌曲；

也不止像泉源，

长年送来清凉的慰藉；

也不止像险峰，

增加你的高度，衬托你的威仪。

甚至日光，

甚至春雨。

不，这些都还不够！

我必须是你近旁的一株木棉，
作为树的形象和你站在一起。
根，紧握在地下，
叶，相触在云里。
每一阵风过，
我们都互相致意，
但没有人
听得懂我们的言语。
你有你的铜枝铁干，
像刀，像剑，
也像戟；
我有我的红硕花朵，
像沉重的叹息，
又像英勇的火炬。
我们分担寒潮、风雷、霹雳，
我们共享雾霭、流岚、虹霓。
仿佛永远分离，
却又终身相依。

这才是伟大的爱情，

坚贞就在这里：

爱——

不仅爱你伟岸的身躯，

也爱你坚持的位置，足下的土地。

1977年3月27日

我们该怎样回答

柯　岩

在年轻战士的墓前，
我放下一束洁白的
洁白的鲜花。
我要把后方的感激、
崇敬和欢欣……
带给他——
都带给他……

陡地一阵轻风
浸透我的肺腑，
直扑我的面颊，
墓侧小树的枝丫
一起摇曳，树叶沙沙……

呵，好像在向我致意，
又像在和我说话——

“他用胸膛堵住的枪眼
——早已喑哑，
还击途中的重重碉堡
——也全部摧垮。
入侵的强盗
也早已丢盔弃甲……
他尽了一个战士的最高职责，
同志，同志，你知道吗？”

哦，是的，是的，可——
我们该怎样回答？

“硝烟，炮火……
暂时都已远去，远去，
他所在连队的战友

也已整队回原地驻扎……
祖国，到处是孩子的欢笑，
边境的弹坑里，
也重新开放出
朵朵鲜艳的小花……

他是满心欢喜地长眠地下，
他急着想看见——
四个现代化计算中心的蓝图，
后方的人们是怎样
在祖国的大地上描画。
同志，同志，你懂得吗？”

哦，是的，是的，可——
我们该怎样回答？！
“他问，他特别地问呵——
和他同辈的青年在干什么？
他们的学习好不好？

对祖国母亲的哺育，

是心存感激吗？

当邪风迷雾袭来时，

该不会迷路吧？

他说——他说——

他特别思念他们，

因为他把自己未尽的生命，

一并溶进了他们青春的年华……

因此，他问，他不停地问——

同志，同志，你听见吗？”

哦，是的，我听见了，

全——听——见——啦！

在年轻战士的墓前，

我放下一束洁白的

洁白的鲜花。

我仰望那伸枝展叶的小树，

伴着泪水和感激，

用我笨拙的笔

记下了他所有的

思念、关怀和问话——

哦，同志，我年轻的朋友，

你听见吗？你听见吗？

我亲爱的同志们哪，

我们该怎样回答？！

哦，是的，是的，我们——

该——怎——样——回答？！

1979 年 4 月

春天呵，请在中国落户

赵丽宏

你来了，来得那么悄然，那么迅速，
然而，晶莹的冰凌正化作叮咚流水，
我还是从中听见了你清新的脚步；
你来了，来得那么平淡，那么朴素，
然而，爆青的柳丝正迎着暖风飘拂，
我还是从中看见了你多姿的欢舞。
你带着被冬天掠去的一切回来了，
广袤的大地上，到处是蓬勃的复苏……

春天哟，请留步，请留步，
春天呵，请在我们中国落户！

是的，在坚冰封冻的岁月里，

我们就用不屈的心灵把你呼唤，
透过漫天风雪，你的莞尔一笑，
曾使多少人忘却了受冻的痛苦。
如今，你真的来了，尽管来得仓促，
我们怎么能轻易淡漠地把你放过！
于是，我才用一个年轻人纯真的声音，
这样率直而稚憨地向你大声疾呼——

春天哟，请留步，请留步，
春天呵，请在我们中国落户！

我们挽留你，决不是把花红柳绿迷恋，
我们挽留你，也不是把酥雨暖风贪图。
有了你呵，才能耕耘，才能开拓，
有了你呵，才有播种，才有收获！
我们要叫所有的积雪都化为春水，
去滋润祖国的幼苗、蓓蕾、树木；
我们要叫所有的处女地都变成良田，

去繁衍香甜的桃李、瓜果、五谷。

春天哟，请留步，请留步，
春天呵，请在我们中国落户！

有人说，你不过是一个薄情的姑娘，
永远是那样稍纵即逝，匆匆而过。
不，我并不同意这种牵强的比附，
倘能挚烈地爱你，你不会把人们辜负。
目光短浅的，叹息着花儿的凋落，
热爱明天的，却看见新芽在破土……
啊，只要开拓不止，只要播种不停，
你带来的希望和生机就不会消除！

春天哟，请留步，请留步，
春天呵，请在我们中国落户！

当然，我们这里还不是极乐之土，

可是，我们的人民有着腊梅的风骨，

我们从冰雪严寒中把你迎来，

当然要用辛勤的汗水将你守护！

岁月流逝，并不总使容貌憔悴，

你为我们送来了旺盛的生命元素！

呵，在你生气虎虎的前进脚步中，

一定会崛起一个青春焕发的中国！

春天哟，请留步，请留步，

春天呵，请在我们中国落户……

1962 年 12 月

八月十五的月亮

胡 笳

岁月之河奔腾不息的波浪，
翻动在层层叠叠的日历本上。
不似春节，揭开一页，一片锣鼓声鞭炮连天响；
不似端阳，掀开一页，划来号子声龙腾大江上。
年年八月十五中秋节，看似寻常不寻常，
一纸揭起，满天月光。这一个中国人的节日呵，
她，属于月亮！
虽说是，孩提时代，用一个神话的能量，
父母就将我们的目光，引过银河，交给月光。
童心，虽说难以读懂——
飞天奔月的嫦娥姑娘，那远离人世的沧桑，
“起舞弄清影”人在高处是暖还是凉？
但在团圆和离别，周而复始的人生路上，

烙在人脸上的皱纹，是笑纹浅，还是愁纹深？

离别路，团圆路，究竟又该如何论短长？
我曾抬头看呵我曾低头想
我曾静夜思呵我曾举目望——
阴晴圆缺一轮月，系着满世界的潮落潮涨。
长发披肩的贝多芬，
曾用指尖弹响月光，与心弦交响；
金发碧眼的水仙女，
将月光蘸着柔情蜜意唱成一支美妙的花腔。
而我们古老的华夏大地，同一轮汐来潮往的月亮，
古往今来，为什么较别人多系一段儿女情肠？

诗仙李太白，形骸虽放浪，望月也思乡，
月色铺地上，诗人说是霜；
豪放的苏东坡，对月也难尽显豪放，
幽梦借得一片月，飞入家园旧门窗；
诗情炽热如同炉中煤，

青年时代的郭沫若，我们那位老同乡，
窥测出天河不甚宽广，
祝福隔河的情侣，骑着牛儿来往，
想来也是借了峨眉山月那一轮秋光。

有山河破碎，就会有越远的期望；
痛骨肉离散就会有合家欢聚的向往。
于是，有过四大发明的华夏，发明了运用月亮！
舷窗是她对静的写意，车轮是她对动的模仿！
她少女般温柔，她母亲般慈祥，
她圆满而光辉的形象，
她善解人意千里一泻的柔光，
中国的千千万万家庭，争相开窗迎纳的月亮，
用她于思念，情如地久天长；
用她于希望，希望灿然发光，
四大发明后的一项重大发明，
运用月亮圆梦，是中国的月亮！
又是八月十五，月圆之夜，

敦请诸位，万户千家，举目一望，

送你一份和美，一份安详，

我月圆之国，我光明之乡

和美安详普天下同享！

1997.7.1 零时的风景

——写在香港回归祖国的时辰

野　曼

香港回归倒计时正向零时进逼
中国在守候一个世纪的节日
鲜花和锣鼓在深情地守候
焰火与花灯也在着火点上徘徊
为守候这惊世的时辰到来
几代人已熬干了望穿秋水的苦泪

零时零分零秒的一瞬间
黄河与维港一齐浪卷涛飞
欢歌，焰火，锣鼓同时爆发
中国走进了一页震撼世界的历史

这是黑夜和曙光的交接

也是新生与衰亡的划位
一切都在悄悄地切割
也对明日展开浓墨重彩的构思
今夜新翼大楼成了国际中心
全球的眼睛和耳朵都在此聚集
争睹跌落南中国海的帝国斜阳
抢先捕捉这旋乾转坤的信息
为东方明珠回归中国作见证
也为中国这零时的辉煌贺喜
五大洲应邀在观礼席上就座
全世界都赶来这里热烈举杯
尽管在一些高举的酒杯里会有风波
但汹涌的维港谁也无法压抑
浪涛中一点泡沫将悄然而逝

多么开心！
零时的钟声在呼唤中国的红旗
唯有站立的民族
才有站立的旗帜

就在米字旗刚刚降落的地方

——大不列颠从半空摔倒落地

五星红旗和紫荆旗勃然而起

一个醒来的民族

在这里与光辉的旗帜

巍然屹立

历史最公正也最严厉

嗜血的旗帜必将被扯落地

难忘 1842 年的一天凌晨

那面渗透鸦片与鲜血的米字旗

趁港岛还在沉沉大睡的时辰

借密集的枪声助威升起

这枪声穿透了中国一百五十年

令惊醒的民族昂然奋起

以苦难锻造了如钢的脊骨

终于赢得了这万花缤纷的良辰

更难得一睹那凋谢的皇冠和米字旗

如深秋的落叶纷纷坠地……

那胸怀刀剑的末代总督
此刻，他心中灿烂的岛
却愤然拂袖而去
他双手捧着湿漉漉的帝国
泡着风雨去追赶海上的撤退
身后一片辉煌
曾经镀亮他灿烂的行囊
但此刻却令他切齿垂泪

零时的钟声如震天霹雳
一分一秒都构成了森严壁垒
大不列颠的脚步就以钟声画线
越过了零时就失去了立锥之地
因为这正义的钟声
正在热情地分娩一个时代
也在无情地把一个时代抛弃！

淮海的问候

朝 胜 正 文

谁说这称号已经陈旧，
三十年，他日日夜夜挂在俺们心头。
谁说这部队早已开走，
三十年，他时时刻刻和咱并肩战斗。
亲爱的解放大军啊，
请接受淮海的问候。

问候您呵，叱咤风云的将军，
如今或许已白发满头。
您可曾记得，那三间茅屋的司令部，
今天立起了开发两淮的办公室。
莫非您当年透过炮火看到地下的煤层？
莫非那时的作战图就预示了今天的战斗？

谢谢您呵，三十年选定辽阔的夺煤战场，

谢谢您呵，三十年划出今日的革命宏图！

在今天“大跃进”的凯歌声中，

听得见你们跃马淮海，铁骑声骤；

呵，敬爱的将军还是那么年轻，

解放大军没有走，没有走……

问候您呵，驰骋沙场的战士，

您手中的刺刀还是那样寒气嗖嗖！

可曾记得，那个在您怀中，

揣了一天一夜的婴孩，

他叫“淮海”，已成了咱劳动的好带头。

敌军丛中，您拼断了三柄刺刀，

为救“淮海”的生命，汗流溶着血流；

冰天雪地，您解开血迹斑斑的军衣，

把“淮海”揣在怀里，骨肉贴着骨肉。

谢谢您呵，三十年前保卫生命的刺刀，

谢谢您呵，三十年前温暖“淮海”的胸口。

在今天火热的年代里，

我感觉到您的体温，

化作了强大的电流。

呵，亲爱的战士您和俺心心相印，

解放大军没有走，没有走……

问候您呵，献出了生命的烈士，

不，您的生命最强大，最永久。

您当年冲进敌群拉响的那包炸药，

至今还轰鸣在淮海人民的心头——

是一声声呼唤胜利的呐喊，

是一声声毁灭敌人的怒吼，

是催落春雨的新雷阵阵，

是生命美好的赞歌首首。

谢谢您呵，三十年前拉响的新淮海的礼炮，

谢谢您呵，三十年前报名开发两淮的炮手。

您把一切都献给了淮海，

淮海的一切都是您生命的不朽。

亲爱的烈士，您永远和淮海在一起，
解放大军没有走，没有走……

没有走呵，没有走，
解放大军日日夜夜挂在俺心头——
在星夜奔袭的小路，
在集结大军的村头，
在一夜解放了的双堆集，
在生擒敌将的地道口……

没有走呵，没有走，
人民子弟兵时时刻刻和咱并肩战斗——
是井下挖煤的矿工，
是耕耘春天的铁牛，
是两淮会战的指挥员，
是学习大寨的好带头……

亲爱的解放军呵，您有震撼世界的三十年前，

更有威名流芳的三十年后，

“四人帮”挡不住历史前进的脚步，

您永远屹立在人民心头！

听吧！淮海大地每一支胜利的歌，

都是对解放大军衷心的问候！